Ancien rédacteur en chef aux *Inrockuptibles*, Marc Beaugé est journaliste, spécialiste des phénomènes sociétaux et de la mode. Il collabore aujourd'hui à plusieurs magazines (*Technikart*, *GQ*, *So Foot*, *Doolittle*…) pour lesquels il écrit sur la musique et les tendances vestimentaires. Après ses chroniques sur les fautes de goûts, il « rhabille » chaque semaine des personnalités dans *M*, le magazine du *Monde*.

Diplômé des Beaux-Arts, Bob London vit à Londres et travaille pour de nombreux magazines tout en continuant une carrière artistique. Ses dessins sont notamment publiés dans *The New York Times* et *The Guardian*. Il est l'illustrateur des chroniques hebdomadaires de Marc Beaugé dans *M*, le magazine du *Monde*.

Marc Beaugé

Illustrations de Bob London

DE L'ART DE MAL S'HABILLER SANS LE SAVOIR

Hoëbeke

TEXTE INTÉGRAL

ISBN 978-2-7578-3957-7
(ISBN 978-2-84230-462-1, 1re publication)

Merci à Paola, Anton et Amanda
de tolérer mes névroses vestimentaires.

Préface

Se balader nu en public restant un plaisir coupable, passible d'un an d'emprisonnement et de 15 000 euros d'amende (article 222-32 du Code pénal), nul n'échappe à l'obligation de se vêtir chaque matin. Certains expédient la chose avec empressement et un quasi-dégoût, exactement comme un enfant avalerait sans mâcher son assiette de brocolis ; d'autres font durer le plaisir, multipliant les essais devant le miroir – quand ils n'ont pas préparé, la vieille au soir, leur tenue…

Pourtant, ces derniers ne sont pas, loin s'en faut, à l'abri de la faute de goût. Car celle-ci est partout. Elle se nourrit de l'excès de tendance, de recherche ou de mode, aussi bien que de l'excès de négligence, de je-m'en-foutisme ou de ringardise. Elle prospère dans le conservatisme comme dans l'extravagance. Elle n'a besoin de rien, mais s'accommode très bien de l'opulence. On peut être élégant avec très peu d'argent ou avec beaucoup de moyens, comme on peut être mal vêtu avec un physique de fer ou avec une silhouette de loukoum.

Au vrai, nul n'est à l'abri de la faute de goût et l'auteur de ces lignes doit confesser, ici, s'être adonné, au fil des ans, au port de bonnets, de cravates anorexiques, de jeans blancs, de chaussures pointues, de doudounes grotesques, de chemisettes bleu ciel ou même de mocassins à glands. Il a aussi vidé un nombre impressionnant de pots de gel coiffant. Sur la plage, il lui arrive même, encore aujourd'hui, de rentrer le ventre ou d'enfiler péniblement son maillot de bain derrière une serviette publicitaire un peu trop petite, au point qu'il en déborde de toutes parts. Néanmoins, rassurez-vous, tout va bien.

Car plus que les règles stylistiques, les interdits, les recommandations, subjectives et futiles bien qu'énoncées avec une certaine gravité, c'est bien le vêtement et son usage qui comptent. Car ceux-ci parlent de l'époque. En effet, si de plus en plus de cadres transportent leur ordi portable dans un sac à dos, c'est parce qu'on leur demande d'être plus mobiles et flexibles que jamais. De même, si l'on s'habille de plus en plus moulant, c'est parce que le culte du corps pousse, de nos jours, chacun à se voir un peu plus mince qu'il ne l'est vraiment.

Derrière chaque usage et chaque tic vestimentaire, il y a donc un truc, une histoire, une technique, une ficelle psychologique, un héritage sociologique ou une embûche marketing. Derrière chaque faute de goût, il y a finalement une explication. Ce n'est pas une raison pour excuser toutes ces fautes, ou même se retenir d'en rire, mais c'est une bonne raison de s'y frotter au fil de cette cinquantaine de chroniques. En n'oubliant jamais que l'homme en pantacourt est un homme quand même.

TROP À LA MODE

EST-CE BIEN RAISONNABLE ?

de porter des jeans artificiellement usés

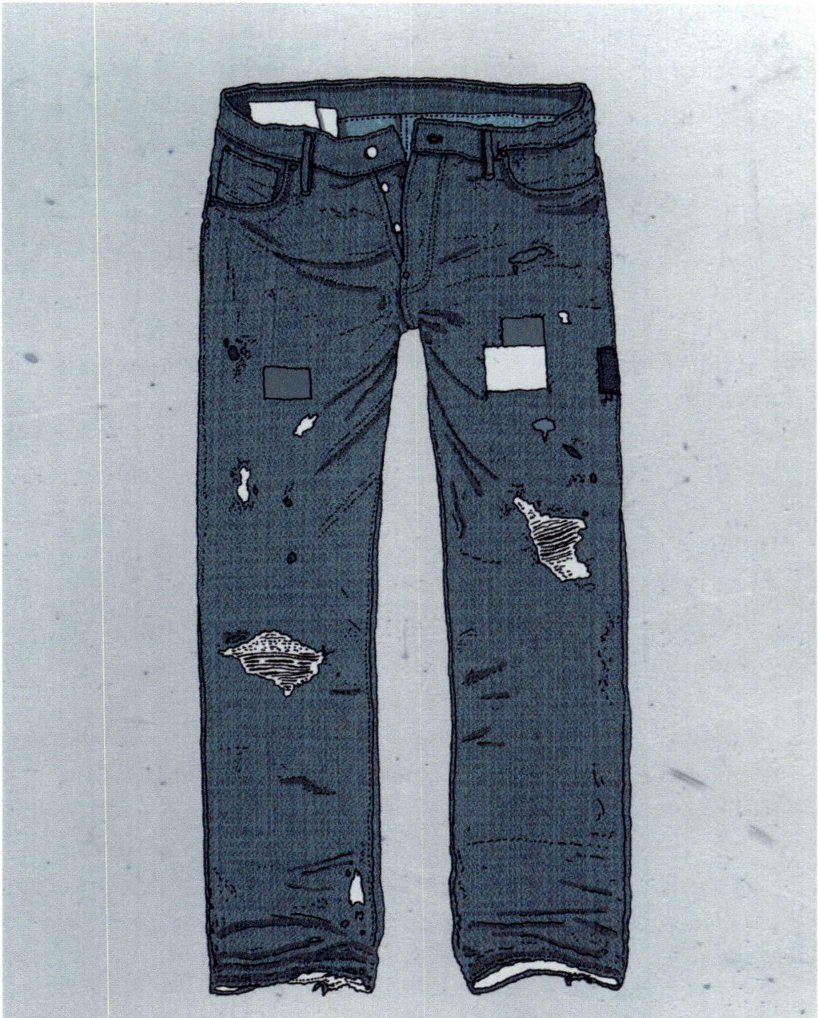

Au même titre que la salopette ou le chouchou, le jean artificiellement usé aurait pu rester une anomalie stylistique, simplement assumée par quelques candidats des émissions de relooking de M6. Mais, à notre grande stupeur, il a eu le culot de conquérir un public vaste et varié, et a même fini par supplanter – les chiffres l'attestent – le jean pur, brut, « sec » comme disent les Anglo-Saxons.

Son succès tient en partie à son confort. Délavé à la pierre, au bain, au sable, aux enzymes, à la Javel, à la résine, à la pomme de terre ou par brossage manuel, il est souple et souvent aussi simple à enfiler qu'un jogging en pilou. À l'instar des nobles anglais, qui firent longtemps porter leurs vêtements neufs par leurs *butlers* afin qu'ils les détendent, les adeptes des jeans artificiellement usés redoutent certainement de paraître engoncés dans leurs habits.

Mais ils ignorent qu'il est tout à fait possible de faire le boulot soi-même. Avant la banalisation des procédés de vieillissement artificiel, à la fin des années 1960, certains Américains faisaient ainsi tourner leur jean en machine pendant vingt-quatre heures alors que d'autres, mieux équipés, l'accrochaient à l'arrière de leur hors-bord. On raconte même que Ronald Reagan trempait ses jeans de cow-boy dans la piscine présidentielle de Camp David afin de les assouplir.

Pourtant, la meilleure façon de faire vieillir son jean consiste encore, et de loin, à le porter assidûment et sans trop le laver. Ainsi, après quelques mois de vie, il dégorgera et finira par refléter les habitudes de son propriétaire. Si celui-ci passe ses journées agenouillé à bricoler, on le verra. S'il met un Blackberry, plutôt qu'un iPhone, dans sa poche arrière, on le saura également.

Au contraire, les jeans artificiellement usés uniformisent et nourrissent même d'effroyables tentatives d'escroquerie. Ainsi, quand un cadre dirigeant de chez Capgemini enfile un jean Diesel élimé au genou, il insinue qu'il y a un punk en lui. De la même façon, quand une pouffe moscovite, mariée à un *businessman* couperosé, se trimballe dans un D & G déchiré à la cuisse, elle sous-entend qu'elle n'a pas oublié d'où elle vient.

Ils mentent tous les deux, car les jeans artificiellement usés mentent toujours. Si les créateurs français Marithé et François Girbaud les développèrent, avant tout le monde, dès 1965, c'était justement parce qu'ils voulaient avoir l'air d'Américains...

EST-CE BIEN RAISONNABLE ?

d’arborer une doudoune à la ville

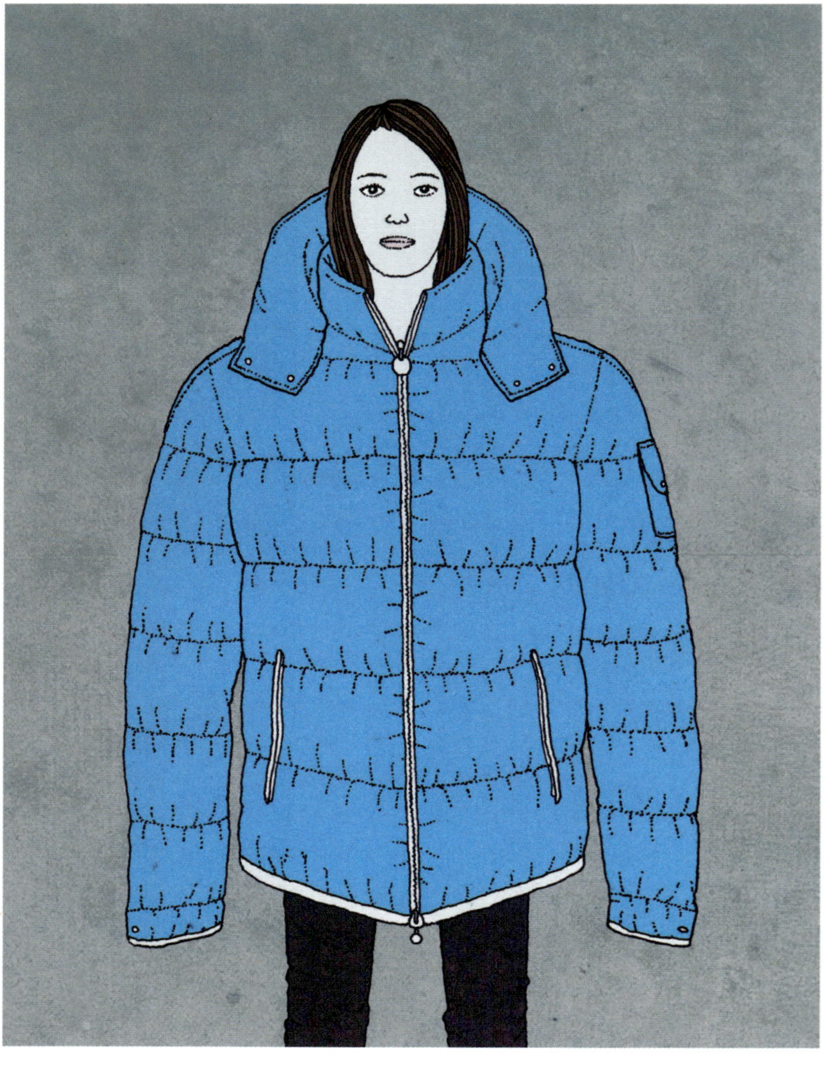

L'époque n'étant pas à une bizarrerie près, personne ne semble s'étonner que la banalisation de la thèse du réchauffement climatique coïncide avec l'avènement de la doudoune. La concomitance de ces phénomènes cache pourtant, forcément, une information capitale. Au mieux, nous sommes un peu plus frileux qu'auparavant. Au pire, nous sommes manipulés par la communauté scientifique. Au vrai, il paraît probable que la doudoune a surtout changé de vocation.

Longtemps considérée avec la même excitation qu'un sac de couchage Quechua, la doudoune passe aujourd'hui pour un objet de mode et ferait même office d'improbable passerelle stylistique entre les bourgeoises s'ébrouant rue du Faubourg-Saint-Honoré, les jeunes squattant devant le magasin Foot Locker de Châtelet-les-Halles et les coursiers parisiens. Concrètement, ces derniers optent le plus souvent pour des modèles North Face (les coursiers parisiens sont-ils tenus par contrat d'arborer chaque jour au moins une pièce North Face ?), alors que les deux autres trouvent généralement un consensus autour de la marque Moncler, devenue un marqueur social presque aussi efficace que le fut Lacoste dans les années 1990.

Mise au point, en 1947, à partir d'une parure de lit, par un ingénieur allemand installé à Aspen dans les Rocheuses, puis affinée quelques années plus tard par Moncler, la doudoune a transcendé sa fonction. Si ce n'est pas la première fois qu'une pièce technico-sportive intègre le vestiaire ordinaire, la basket All Star de Converse ayant, par exemple, suivi le même parcours, c'est bien la première fois qu'une pièce descend ainsi de la montagne.

Mais malgré le travail de coupe désormais effectué sur de nombreux modèles, le port de la doudoune comporte toujours un risque, surtout quand elle est combinée à un pantalon très étroit, comme cela se fait beaucoup. Pour bien se figurer le danger, le plus efficace est encore de se saisir, mentalement, de deux allumettes. Puis, toujours mentalement, de les enfoncer dans une boule de glace. Plus encore que l'effet Bibendum, c'est le déséquilibre des proportions entre le haut et le bas du corps qui guette l'adepte de la doudoune.

Pour diminuer ce risque, il est conseillé de privilégier les modèles dépourvus d'élastique à la taille, mais il est sans doute plus efficace d'opter pour le port d'une peau lainée, d'un caban ou d'un pardessus en laine. Certes moins légères, ces pièces permettent de braver le froid avec un supplément d'élégance certain, et à l'abri de tout jeu de mots foireux. Car, malgré sa popularité, il est important de garder à l'esprit que la doudoune demeure l'une des pièces les plus inélégamment nommée du vestiaire courant… Pas très loin derrière la salopette.

EST-CE BIEN RAISONNABLE ?

de porter une écharpe extra-longue

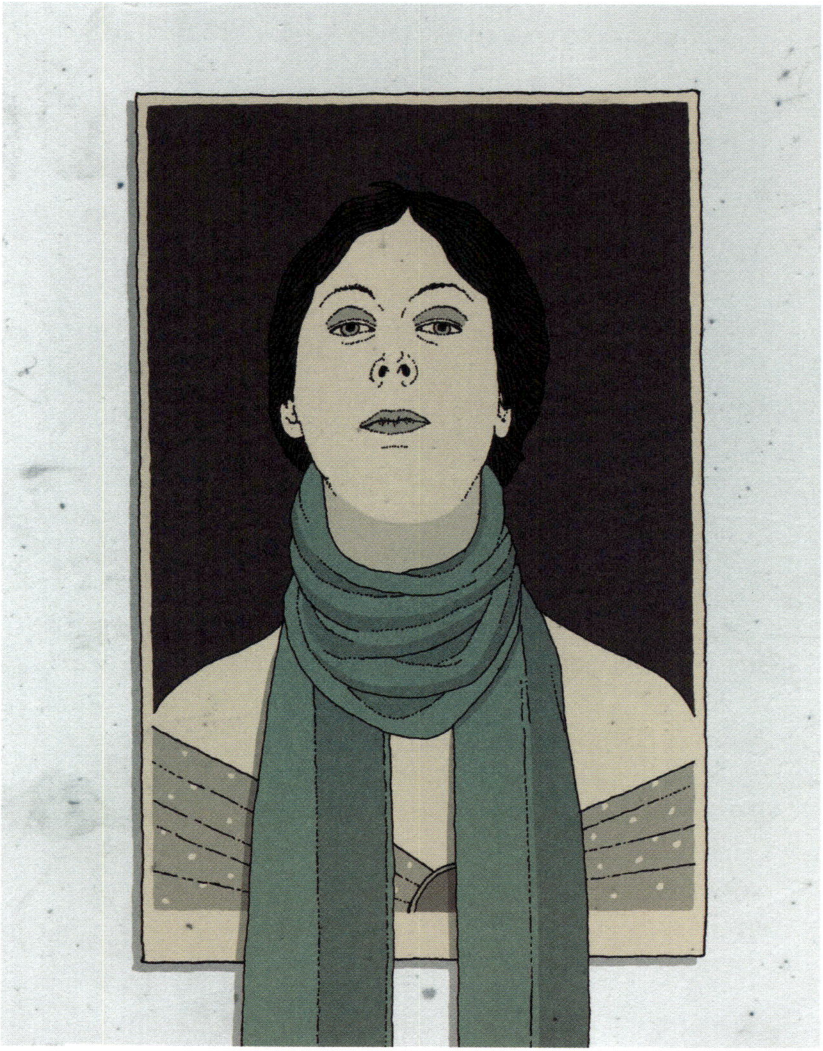

Si l'art de bien porter l'écharpe, comme celui de bien porter la cravate, s'est longtemps résumé à une affaire de nœud, il en va tout autrement aujourd'hui. Depuis l'apparition de modèles extra-longs, parfois de plus de 2,50 m (soit la longueur moyenne du boa constrictor), on ne noue plus l'écharpe autour de son cou. On l'entortille, exactement comme l'on procéderait avec un morceau de pain et le fromage coulant d'une fondue savoyarde.

La conséquence visuelle de ce mouvement stylistique n'est évidemment pas anodine. Alors qu'une écharpe ordinaire, mesurant communément 1,50 m, ponctue une silhouette, une écharpe extra-longue tend à l'envahir, avalant le bas du visage et le cou, rognant sur les épaules, voire sur le torse. À ce titre, l'adepte de cet accessoire – homme ou femme – n'apparaît pas seulement soucieux de s'abriter du froid, il semble aussi désireux de se protéger de l'autre, en recréant sur sa personne les conditions de confort et d'intimité de son logis.

Là est le problème. À l'instar du survêtement en éponge arboré par une pléthore de touristes américaines lors de leurs déplacements en avion et assimilable en bien des points à un pyjama, l'écharpe à rallonge évoque irrésistiblement l'univers de la chambre à coucher, et plus précisément celui de la literie. Par son tombant, sa texture et son épaisseur, elle fait souvent l'effet d'une couverture. Dans le métro, après une journée de labeur, elle fera même un parfait oreiller d'appoint. Jusqu'à ce qu'elle se coince entre les portes. Alors, couic !

C'est ainsi que la danseuse américaine Isadora Duncan trouva la mort, en 1927, étranglée après que son écharpe s'était coincée dans la roue de son Amilcar GS. Si les adeptes de l'écharpe extra-longue sont évidemment plus exposés à ce type de mort brutale, ils courent un autre risque, plus grand encore en période de récession. Comme il advint aux amateurs de Zoot Suits dans les années 1930-1940, il se peut en effet qu'ils se retrouvent bientôt devant la justice, accusés de surconsommer de la matière première et de mettre en péril l'économie du pays.

Au vrai, il paraît donc urgent, pour les porteurs d'écharpe à rallonge, de s'emparer d'un modèle de longueur raisonnable et d'apprendre à le nouer. Rien n'est plus simple. Il suffit de le plier en deux, de le poser derrière son cou puis d'introduire l'extrémité dans la boucle.

EST-CE BIEN RAISONNABLE ?

de porter une cravate ultra-fine

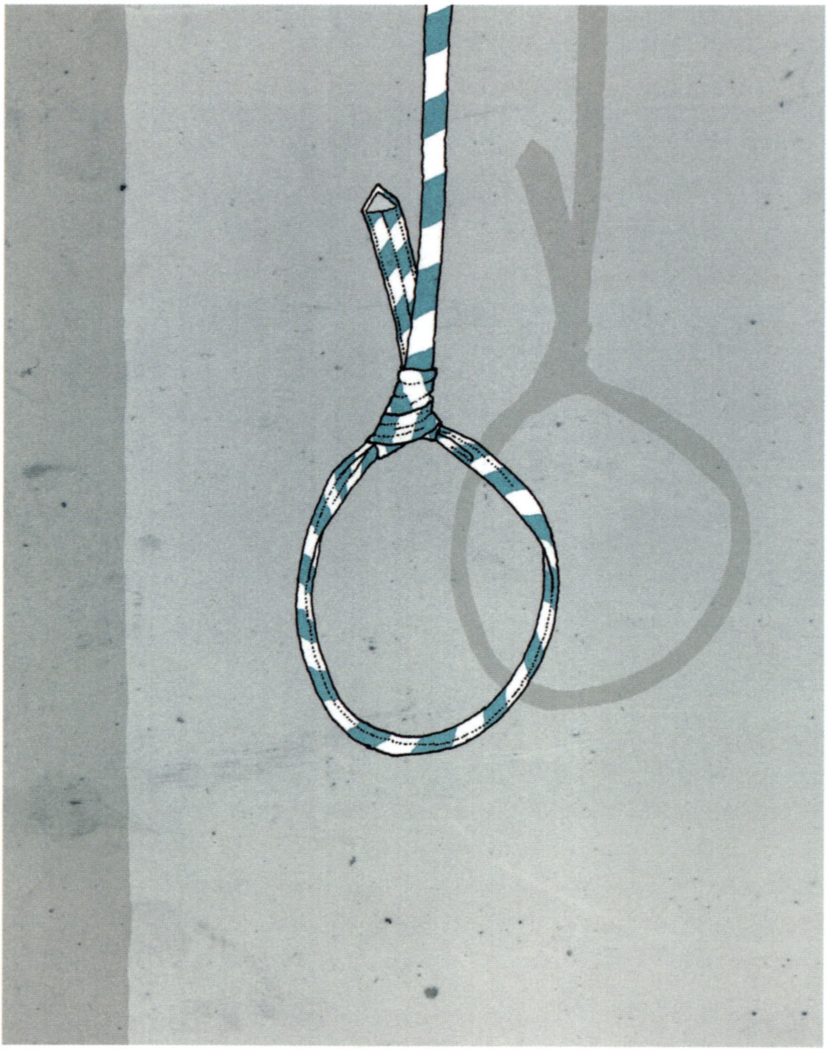

Si, d'une façon ou d'une autre, la largeur d'une cravate est indexée sur la largeur d'esprit de son propriétaire, nous vivons une sale époque. Car les cravates étroites ont fait florès depuis quelques années, jusqu'à devenir l'improbable trait d'union entre le jeune rocker de Williamsburg et le trader traversant au pas de charge la City pour se rendre à une nouvelle réunion de crise sur les bonus.

Si ces deux énergumènes cachent peut-être des raisons très spécifiques de l'arborer (le rocker se dit-il qu'il aura un jour besoin d'un lien pour se faire un garrot ? Le trader se sent-il en sursis au point d'adopter une cravate aussi fine que la corde d'un pendu ?), les amateurs de cravates étroites partagent tous, au fond, une intention commune, ils veulent l'élégance de l'homme cravaté, mais refusent sa maturité. Obnubilés par cette quête, ils se révèlent prêts à tout sacrifier. Même les centimètres.

La maldonne est là. Car, si une cravate trop large (plus de 9 cm) peut avoir un effet aussi décrédibilisant qu'un jean neige ou un bob Ricard, une cravate trop fine (moins de 6 cm) génère des problèmes tout aussi sérieux. Portée avec un costume, elle déséquilibre en effet les proportions de la veste, en laissant s'installer au niveau du torse un vide intersidéral. Chez tous les hommes un peu plus larges qu'un gressin, l'effet est catastrophique, car il contribue à faire enfler artificiellement la silhouette.

En matière de cravate, il faudrait en réalité toujours raison garder, en se baladant dans une fourchette située entre 6 et 9 cm, et en ajustant le tir en fonction des autres pièces de sa tenue. Avec une veste à revers étroit, une chemise à col fin, un pantalon étroit et des chaussures pointues, il faut ainsi viser 6 cm. Sinon, il faut viser 9, et renoncer une bonne fois pour toutes à cette idée que plus une cravate est fine, plus elle est rock, donc plus elle est cool.

Car ce n'est plus aussi simple. Arborée pêle-mêle, au fil des décennies, par les mods, les punks, les amateurs de ska, les rockers H & M, les morveux de la Star Academy, les skater boys, les branchés et leurs suiveurs, la cravate étroite est devenue un véritable marronnier stylistique, dénué de tout caractère subversif. Aujourd'hui, il faut donc la juger froidement, hors de toute considération romanesque et intoxication marketing. Autant dire qu'il faut lui tordre le cou d'urgence.

EST-CE BIEN RAISONNABLE ?

de porter le bonnet

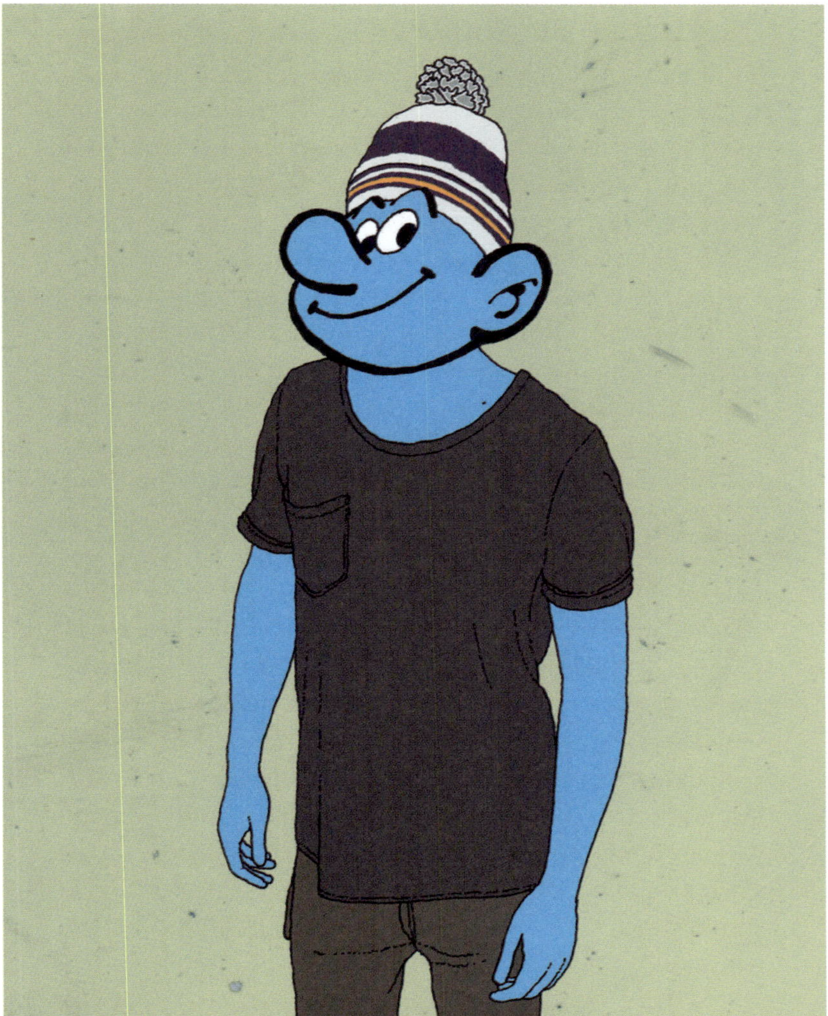

Si la généralisation du chauffage central dans les foyers a signé, il y a quelques décennies déjà, l'inéluctable déclin du bonnet de nuit, son alter ego diurne, le bonnet de laine, continue d'occuper une place de choix dans le vestiaire masculin. Au vrai, il semble même avoir récemment transcendé sa fonction pour devenir ce que les Anglo-Saxons appellent un *fashion statement*. Soit, littéralement, une déclaration de mode.

De fait, le bonnet est désormais valorisé avant toute chose pour sa fonction d'apparat, et pour l'image supposément cool qu'il confère. À l'instar du jean élastique et de la chemise à carreaux, il fait ainsi partie intégrante de la dégaine du poseur moderne, celui que l'on nomme *hipster*. Dans le même esprit, il s'est également imposé, ces derniers temps, dans la panoplie de sommités hollywoodiennes telles que Johnny Depp, Brad Pitt, Robert Pattinson ou David Beckham. Les Américains parlent en l'occurrence de *celebrity beanie*.

Dans ces deux cas, le recours au bonnet ne trahit aucune préoccupation d'ordre météorologique. Et pour cause. À la façon du commandant Cousteau ou des Schtroumpfs, les *hipsters* portent leur bonnet strictement au-dessus des oreilles, renonçant d'emblée à sa principale vertu isolante. Et si les célébrités hollywoodiennes l'assument de façon plus ordinaire, c'est-à-dire bien plus enfoncé sur la boîte crânienne, ce n'est certainement pas pour des raisons climatiques. Car, à Hollywood, et plus généralement en Californie, qui peut sérieusement craindre le froid ?

En réalité, si le bonnet est ainsi plébiscité par les élites, c'est d'abord pour l'emprise qu'il exerce sur leurs cheveux. Il peut efficacement les cacher, ce qui n'est pas une donnée négligeable pour la star victime d'un début d'alopécie ou simplement prise en flagrant délit de *bad hair day*. Mais il fait encore plus fort. Mieux que n'importe quels casquette ou chapeau, le bonnet tend, à l'instar d'un casque de moto, à plaquer les cheveux et à les affiner considérablement. Pour les *hipsters* et les stars hollywoodiennes, prêts à tout pour qu'une mèche tombante leur obstrue la vue, c'est évidemment une qualité fondamentale.

Pour peu que l'on ait d'autres ambitions capillaires, le bonnet ne présente, en revanche, guère de qualités. Comme tous les accessoires en maille, il vieillit mal, boulochant et s'affaissant à l'excès, et tend irrémédiablement à tirer une silhouette vers le bas. Ainsi, de la même façon qu'il faudrait toujours privilégier une paire de gants en cuir à une paire de gants en laine, il conviendrait de toujours opter, à la ville, pour un chapeau en feutre ou en tweed, plutôt que pour un bonnet en laine, véritable niveau zéro du couvre-chef.

EST-CE BIEN RAISONNABLE ?

de porter des lacets de couleur vive

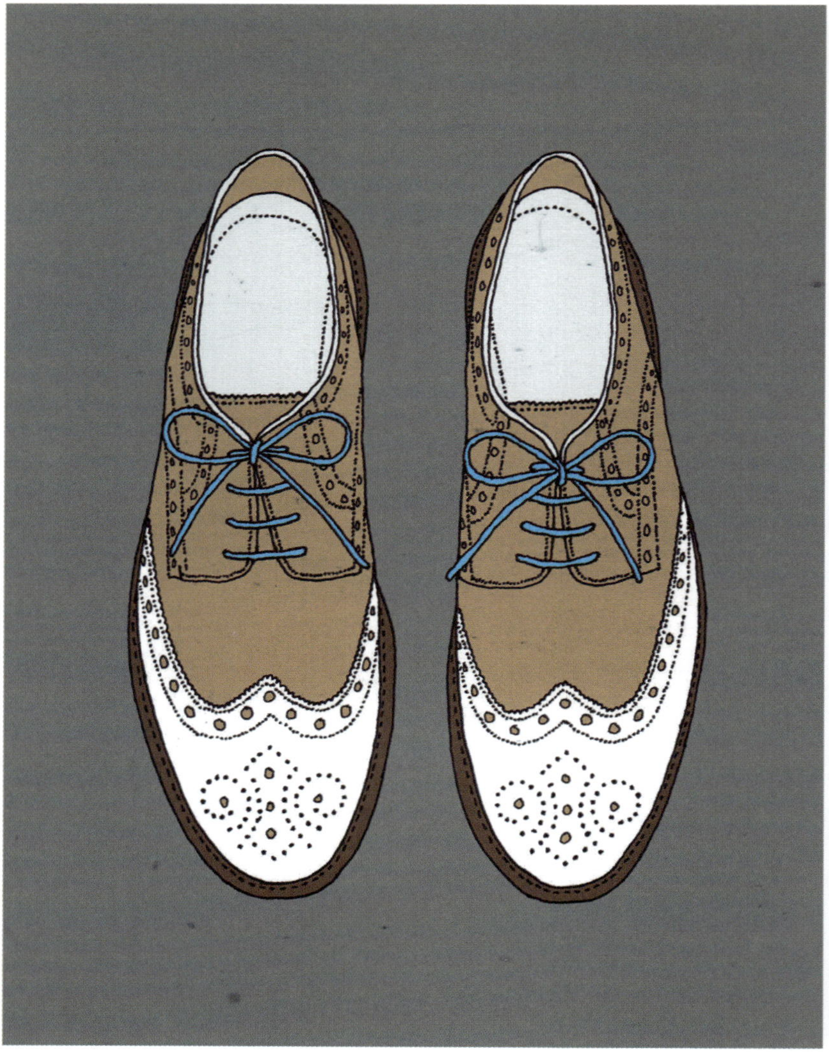

À force d'égratigner les hommes négligeant trop leur apparence, on en finirait presque par oublier que ceux qui sont trop coquets sont aussi dans l'erreur et que, à toujours vouloir briller, ils commettent sans doute davantage de fautes de goût. Ainsi, récemment, se sont-ils mis à arborer, sur leurs souliers noirs ou marron, des lacets de couleurs vives, donnant naissance à une microtendance saluée jusque dans les pages du *Wall Street Journal*. « Le lacet de couleur, voici la nouvelle façon de moderniser efficacement ses chaussures de ville », pouvait-on récemment y lire.

La mode étant un éternel recommencement, ce gimmick stylistique n'a rien de neuf. À la fin du XVIe siècle, alors que l'usage des souliers se banalise aux dépens des eschappins et pianelles, le lacet est déjà un enjeu stylistique chez les nobles. Il doit être chatoyant, coloré et aussi visible que possible. Sous Louis XIII, certains élégants iront même jusqu'à l'orner d'imposants nœuds faits de rubans ou de gaz. Ainsi le lacet existe-t-il au-delà de sa simple fonction.

Bien plus tard, en Angleterre, il devient un support d'expression à proprement parler. Dans les années 1970, couplé à une paire de Doc Martens, un lacet peut en effet, en fonction de sa couleur, tout dire, et son contraire. Blancs sur Docs noires, vous êtes un facho. Rouges, vous êtes un communiste. Bleus, vous avez frappé, voire tué, un policier. Jaunes, vous avez passé du temps en prison. Violets, vous êtes lesbienne. Noirs et blancs, vous êtes ska à fond. *A priori*. Car, d'une ville à l'autre et d'une année sur l'autre, le sens des couleurs varie. Ainsi, des lacets verts permettent ici d'établir que vous avez des origines irlandaises, et, là, que vous êtes gay. Ce qui n'est évidemment pas la même chose.

Si les lacets de couleur, notamment rouges, ont toujours eu un sens réel sur les chaussures de montagne, en permettant de distinguer celles-ci dans la neige, ils paraissent, en ville, inadéquats, forcés et maniérés. Au vrai, l'homme aux lacets de couleur semble surtout espérer se faire remarquer d'autrui, ce qui n'est pas une intention louable. Car, comme le disait Beau Brummell, le dandy originel, « si l'on se retourne sur vous dans la rue, c'est que vous êtes mal habillé ».

Il faudrait donc toujours faire en sorte que la couleur de ses lacets se confonde avec celle de ses chaussures. Pour y parvenir, surtout quand il vous prend de mettre une paire de lacets neufs sur des chaussures patinées, il y a un truc : cirer ses lacets avec le même cirage que celui de ses chaussures.

EST-CE BIEN RAISONNABLE ?

de porter des baskets avec son costume

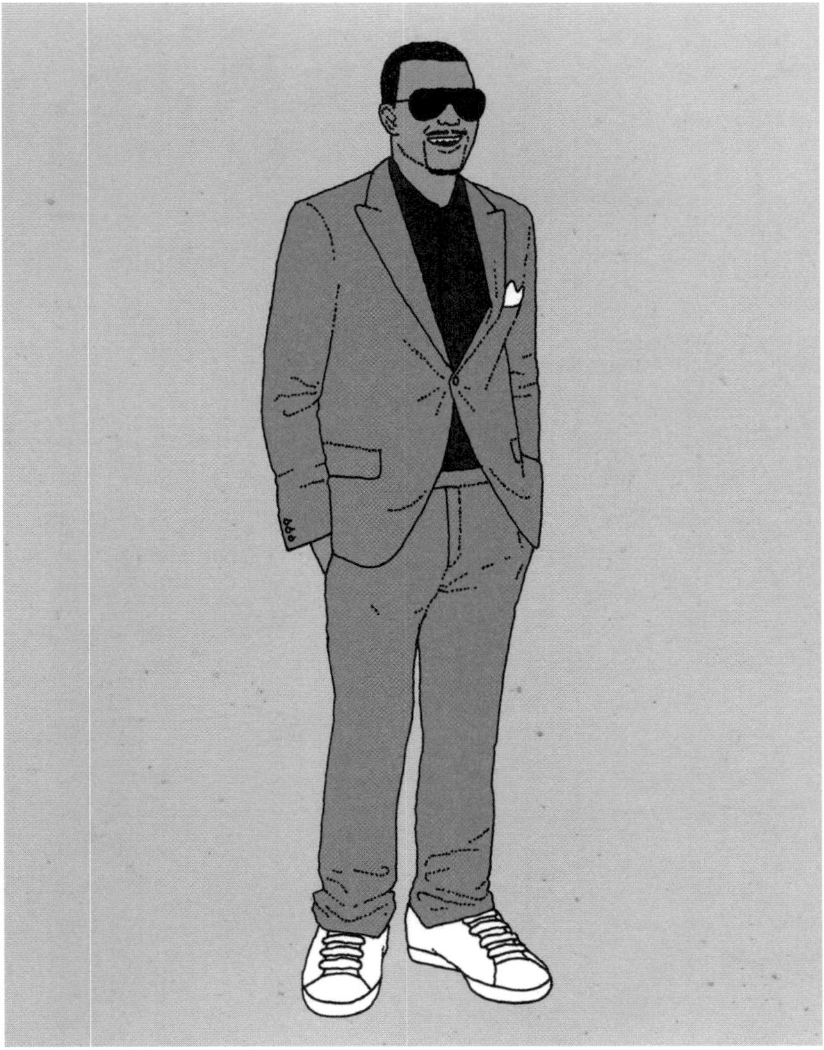

Autrefois objet de toutes les préoccupations et considérations, le costume de ville est devenu, à mesure que les choses partaient un peu en sucette, objet de toutes les dégradations. Ainsi se retrouve-t-il, aujourd'hui, régulièrement mis en tandem avec des tee-shirts, polos, sweats à capuche ou bien encore des baskets. Malgré une concurrence féroce, cette dernière option ferait même office de faux pas stylistique le mieux accepté de l'époque.

Apparu à la fin des années 1980, après que Giorgio Armani a eu le premier ouvert la voie à l'assouplissement de la silhouette masculine, le costume-baskets s'inscrit évidemment dans la logique de désacralisation du costume, et nourrit au passage l'un des fantasmes ultimes de la psyché mâle. À l'instar du punk arborant, en 1977, une cravate noire sur un tee-shirt déchiré et grêlé de vomi, l'adepte du costume-baskets ambitionne de se montrer en homme total, assez chic et friqué pour parader en costume, mais assez cool aussi pour traîner en baskets malodorantes. Évidemment, il y a un loup.

Car l'adepte du costume-baskets penche toujours, irrésistiblement, du côté du costume. Inséré dans la vie active et contraint, par convention professionnelle, de porter, chaque jour ouvrable, veste, chemise, pantalon et cravate, il ne possède généralement qu'une paire de baskets dont il a fait l'alibi cool de ses soirées *after-work*. Très soigneux avec cette dite paire de baskets (il s'agit, dans 90 % des cas, de Converse All Star montantes ou de Paul Smith basses, blanches dans les deux cas), il apparaît bien plus en poseur complet qu'en homme total.

Portée et entretenue depuis le début par les grandes marques de mode, tout à fait d'accord pour que l'on s'habille mal tant que cela leur rapporte, la tendance costume-baskets a donc peu de sens d'un point de vue purement théorique. Elle n'en a pas davantage d'un point de vue stylistique. Souvent plus larges, plus hautes et plus plates que les chaussures de ville, équipées de base d'une légère talonnette, les baskets cohabitent en effet assez mal avec les pantalons de costume. Concrètement, elles finissent même, quasi systématiquement, par provoquer l'apparition de l'effet dit accordéon, soit le tire-bouchonnage du pantalon au niveau de la cheville.

Ainsi, puisqu'il n'y a pas plus de raisons d'arborer une paire de baskets avec un costume que d'arborer une paire de chaussures de ville avec un bas de jogging ou un short, il est nécessaire de recourir à d'autres subterfuges pour décoincer son costume. Sachez, par exemple, que des chaussures en daim paraîtront toujours moins solennelles que des chaussures en cuir. Sur le même principe, n'oubliez pas non plus que des chaussures à semelle de crêpe auront toujours l'air plus décontracté que des chaussures à semelles cuir.

EST-CE BIEN RAISONNABLE ?

de poser avec les pieds dedans

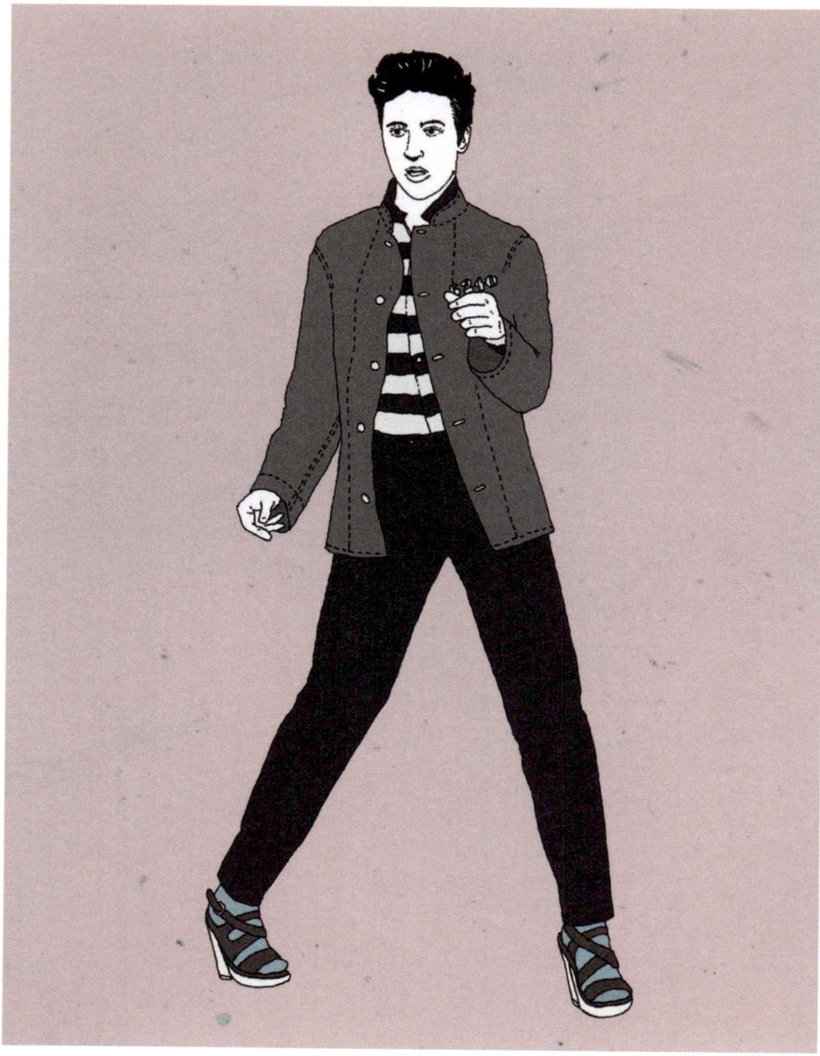

La minceur étant devenue une norme sociale comme les autres, il ne viendrait plus à l'idée de quiconque de lancer un très calorique «*cheese*» devant l'objectif du photographe. Aujourd'hui, à défaut de prononcer «yaourt 0%» ou «galette de riz soufflé et verre de Saint-Yorre», il convient d'abord de rentrer le ventre, les joues, les fesses et, mieux encore, la pointe des pieds.

Car ce mouvement-là et la posture fort peu naturelle qu'il impose tendent évidemment à affiner la silhouette en contraignant celui ou celle qui l'adopte à contracter tous ses muscles inférieurs pour présenter ses jambes légèrement de profil. Si l'effet est mécanique, il ne dit pas tout. Au vrai, il suffit de naviguer quelques instants sur ce que l'on nomme communément les blogs de mode, ou les blogs de «*street-styling*», pour mesurer que poser les pieds en dedans n'est pas seulement une posture corporelle.

Là, sur des pages où s'enchaînent les photos d'individus, filles ou garçons, particulièrement conscients de leur apparence, cette posture corporelle est devenue la norme, au point d'apparaître aussi comme une posture intellectuelle. En repliant la pointe des pieds l'une vers l'autre, les poseurs se replient d'abord sur eux-mêmes, exprimant leur appartenance à une forme d'élite. Au fond, le message envoyé est exactement le même que lorsqu'ils serrent les mâchoires ou froncent les sourcils devant l'objectif: c'est un message de fermeture et d'exclusion.

Si la pratique consistant à rentrer ses pieds en dedans appartient aujourd'hui à un nouveau standard de la pose photographique, la posture, en elle-même, n'est pas neuve. Ainsi, quand le jeune Elvis se déhanchait, tout se passait déjà au niveau des pieds, et de leur propension à se resserrer, pour mieux griffer le sol. Plus tard, Ian Curtis, de Joy Division, adopta un jeu de pieds proche, bien que nettement plus sobre. Au vrai, ce coup stylistique-là a longtemps été un truc de rockers, donc un truc de bandes. Exactement comme aujourd'hui avec la bande de blogs de mode…

Si historiquement tout semble donc se tenir, les choses se révèlent un peu moins limpides d'un point de vue stylistique. Ainsi, sur une jeune fille en fleur, la posture donnera un air ingénu, candide, voire sacrément cruche. Sur une femme plus âgée, elle aura le même effet, mais soulignera en prime le refus d'avouer que les ans ont passé et qu'il est trop tard pour minauder. De la même façon, sur un homme, les pieds rentrés procureront un air véritablement efféminé. Dans la majorité des cas, il s'avérera donc moins compromettant de poser légèrement accroupi, les coudes sortis et la pointe des pieds ouverte en grand, exactement comme dans *La danse des canards*.

EST-CE BIEN RAISONNABLE ?

d’abuser du terme « dandy »

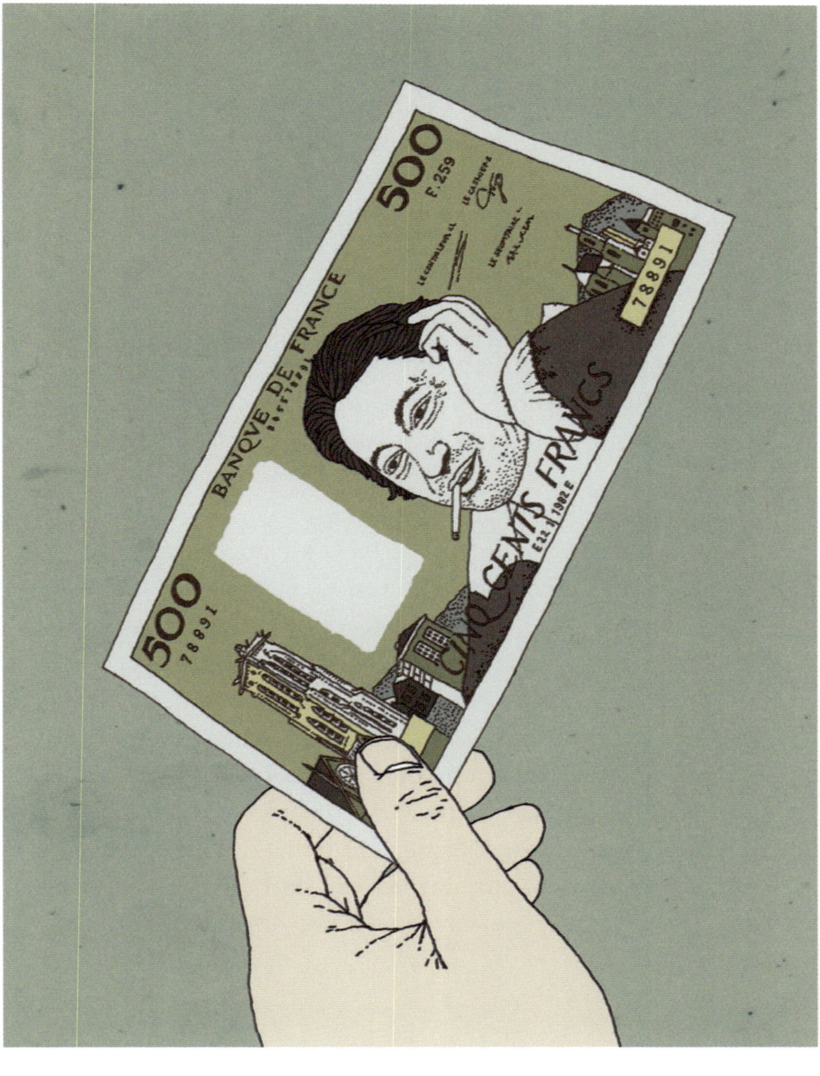

Sur le même modèle que la loi de Godwin – selon laquelle une discussion en ligne finit presque irrémédiablement par faire référence au nazisme –, il serait judicieux de mettre au point un système permettant de mesurer la propension des uns et des autres à évoquer le dandysme.

Car, à entendre les conversations, en ce moment, il semblerait que le dandysme soit partout, et que les dandys soient légion. Ainsi le terme se retrouve-t-il régulièrement accolé à une tripotée de célébrités mâles. Citons, sans souci d'exhaustivité et en restant à l'intérieur de nos frontières, Frédéric Beigbeder, Nicolas Bedos, Thomas Dutronc, Ali Baddou, Michel Denisot, Benjamin Biolay, Jean Dujardin, Édouard Baer, Ariel Wizman ou Guillaume Canet, tous placés sous l'égide du dandy absolu : « Entre ici, Serge Gainsbourg. »

De la même façon, le mot « dandy » est aujourd'hui l'objet, dans la presse, de multiples déclinaisons conceptuelles. Outre le très usité dandy cool, dont la référence disco fait certainement le piquant, citons les dandy bobo, dandy ultime, dandy rebelle, dandy vintage, dandy raté ou dandy céleste. Avant, peut-être, bientôt, un très malin dandymanché. Voire un dandyarrhée qui pourrait parfaitement résumer un dossier sur l'art de gérer, avec élégance, ses allers-retours aux toilettes.

Transformé en gadget éditorial, le terme « dandy » n'a donc plus guère de sens et certainement plus la moindre valeur. Au vrai, il semble que chaque homme puisse désormais prétendre à ce statut, dès lors qu'il ne se trimbale pas en permanence vêtu d'un bas de survêtement gris chiné et d'un marcel taché de sauce samouraï. Car, d'un pur point de vue stylistique, c'est bien le seul mérite commun que l'on puisse reconnaître aux personnalités citées plus haut.

Mais, au-delà de la dégradation de l'exigence vestimentaire qu'elle sous-tend, la nouvelle acception du terme « dandy » trahit surtout son effroyable rétrécissement. Car si le doute demeure sur l'origine du mot lui-même (fait-il référence au dandy prat, une monnaie utilisée au XVIIe siècle en Angleterre, ou apparaît-il d'abord, à la fin du XVIIIe siècle, dans la chanson américaine *Yankee Doodle* ?), on sait, depuis que Barbey d'Aurevilly et Baudelaire se sont penchés sur la question, que le dandysme est davantage une manière d'être que de paraître.

Ainsi, contrairement à ses imposteurs du moment, le vrai dandy n'est jamais à la mode. Il n'aime pas, ne travaille pas, ne se montre pas, ne brûle pas de billet de 500 francs à la télévision et joue certainement très mal de la guitare manouche. Autant dire que le vrai dandy est mort et qu'il doit aujourd'hui se retourner dans sa tombe, le pauvre homme.

EST-CE BIEN RAISONNABLE ?

de cumuler barbe, mèche et lunettes

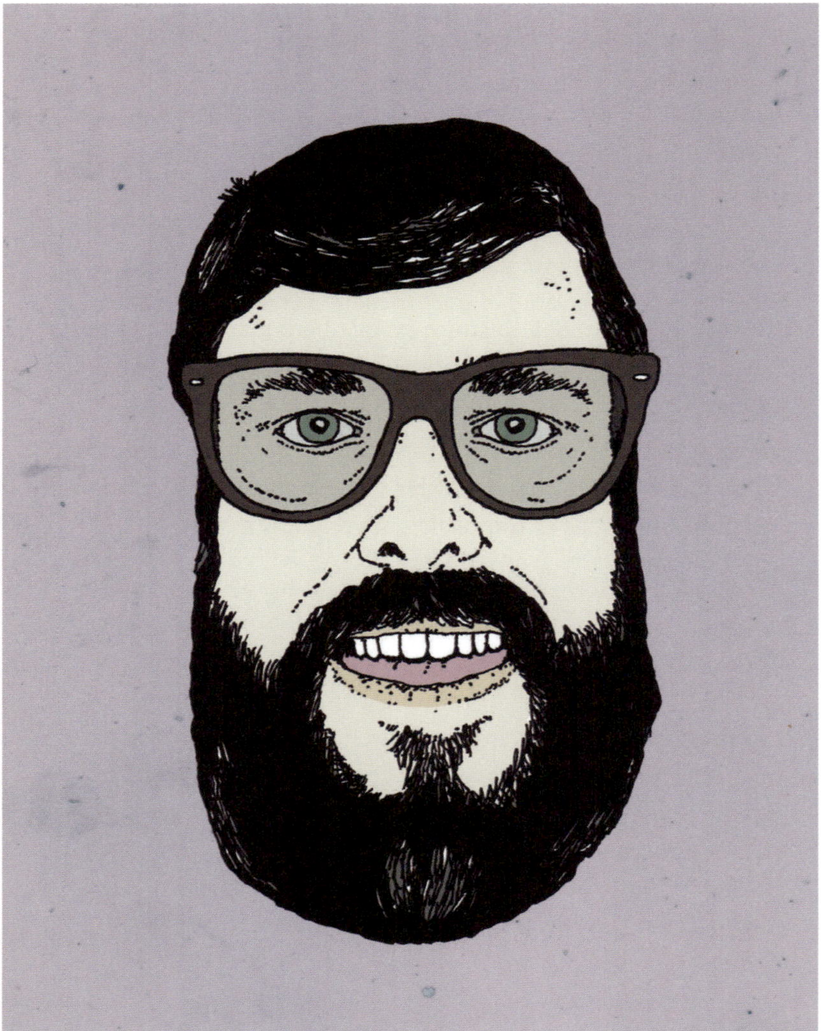

Comme s'il ne leur suffisait pas de collectionner frénétiquement les vêtements à la mode, certains jeunes gens, filles ou garçons, semblent s'évertuer à les arborer tous au même moment, accumulés sur la même silhouette. Autant dire qu'ils ajoutent le mauvais goût à la bêtise. Car le *it-bag* de la saison ne se marie généralement pas avec les *it-shoes* de la saison. Pas plus que la *it-girl* de la saison ne convole généralement avec le *it-boy* de la saison, malgré la possibilité d'un bisou, un jour, en une de *Grazia*.

C'est bien la même histoire avec la barbe, la mèche et les lunettes à branches épaisses de type Ray-Ban Wayfarer. Devenus ces dernières années de véritables marqueurs du cool, ces ornements faciaux ont du sens lorsqu'ils sont pris séparément, car ils donnent du caractère et du relief à un visage, en contribuant, chacun à sa façon, à le structurer, à l'habiter ou à l'assombrir. Mais, agglutinés sur un seul et même visage, ils tendent irrésistiblement à le submerger, faisant naître une nuisible impression de trop-plein.

Pour mieux mesurer l'effet visuel d'une telle accumulation d'accessoires, le plus efficace est encore d'imaginer un cocktail, disons une *piña colada*, et de se figurer que l'on y ajoute, outre une paille, une ombrelle rose en papier de soie, une brochette de fruits, une grande touillette en plastique, et tiens, pourquoi pas, une rondelle d'ananas ! Ainsi accessoirisée, la *piña colada* n'aura pas seulement vilaine allure, elle n'aura plus vraiment le goût de la noix de coco et deviendra carrément suspecte.

Équipé d'une paire de lunettes et d'une barbe, une mèche de cheveux sur le front ou dans les yeux, n'importe quel homme aura, sur le même principe, tendance à s'effacer et à perdre sa saveur. À l'instar de l'homme recouvert de bandelettes blanches, il deviendra invisible et laissera même penser qu'il cache quelque chose de grave. Peut-être une vilaine maladie de peau. Ou une grande timidité, voire carrément une difficulté à s'assumer en public. En tout état de cause, l'homme planqué derrière ces accessoires ne pourra cacher son ignorance en matière d'élégance, celle-ci consistant à écrémer, bien plus qu'à accumuler…

Le cumul des ornements faciaux s'avérant encore moins recommandable que le cumul des mandats, il y a donc urgence à arbitrer entre barbe, mèche et lunettes. Si le plus sûr est certainement de se contenter d'un seul de ces trois éléments, il est possible d'en combiner deux. Ainsi barbe et mèche passeront très bien ensemble. Lunettes et barbe aussi. En revanche, la combinaison d'une paire de lunettes et d'une grosse mèche de cheveux tombant dans les yeux ne fera probablement pas grand sens d'un point de vue purement ophtalmologique.

EST-CE BIEN RAISONNABLE ?

de rentrer son pantalon dans ses bottes

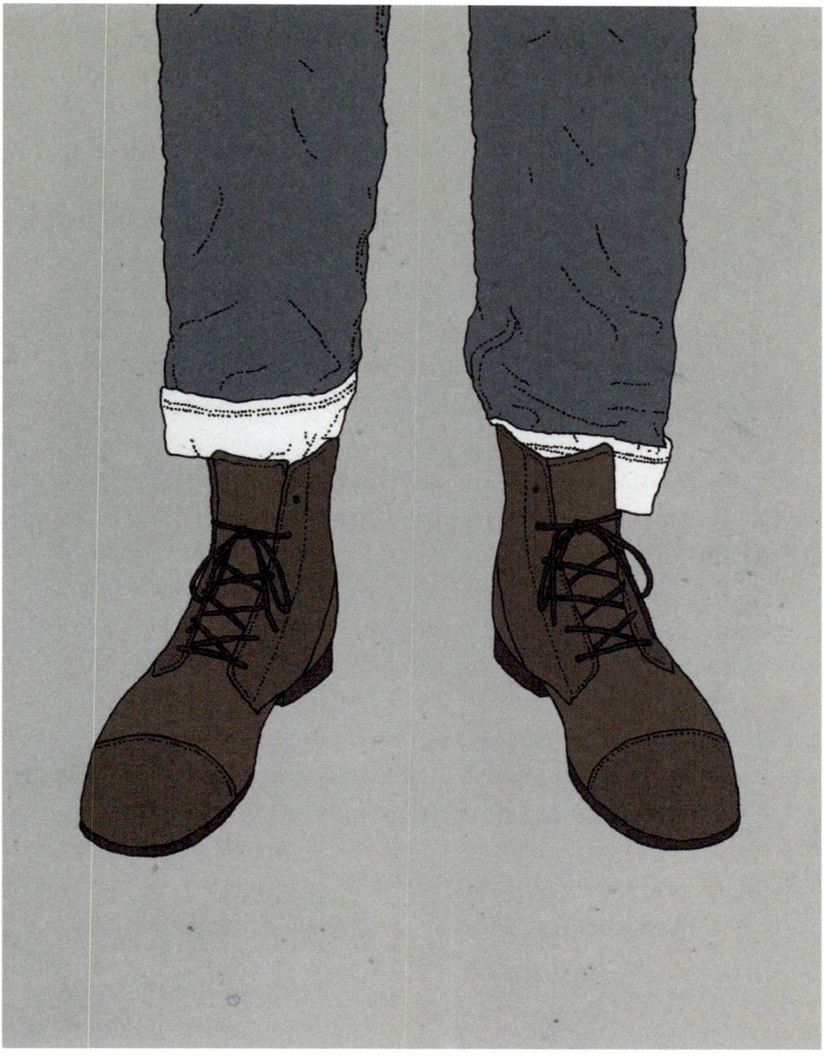

Si les hommes de mauvais goût renouvellent sans cesse l'art de mal s'habiller, ils aiment, de façon constante, rentrer les pièces qu'ils arborent les unes dans les autres. Ainsi peuvent-ils, sans la moindre gêne, rentrer leur pull dans leur pantalon, leur polo dans leur bermuda, leur chemise dans leur slip et, même, leur pantalon dans leurs bottes. Ce qui n'est pas la moindre de toutes ces pratiques.

Car les hommes rentrant leur pantalon dans leurs bottes n'agissent jamais par négligence ou maladresse. Ils savent exactement ce qu'ils font. Quand les pêcheurs partent aux moules, ils coincent ainsi leur pantalon dans leurs bottes en plastique pour rester au sec. Quand les cavaliers montent à cheval, ils font de même pour que les coutures de leur pantalon n'irritent pas leur monture. Par extension, il semble également que l'on ne rentre pas complètement par hasard son bas de survêtement dans ses chaussettes. Devenu l'improbable signature stylistique des banlieues, ce code-là permettait, à l'origine, aux dealers d'indiquer à leurs clients que la boutique était ouverte et ses rayonnages bien fournis.

Dans cette affaire, les cavaliers, les dealers et les pêcheurs de moules sont pourtant loin d'être les plus à blâmer. Si eux ont au moins un mobile, d'autres, de plus en plus nombreux, s'adonnent à cette pratique par pure coquetterie. Car il y a là un effet de mode, provoqué par la généralisation conjuguée, dans le vestiaire masculin, des *skinny jeans* et des *boots* lourds, d'inspiration militaire ou *workwear*. Puisque ces jeans-là sont trop étroits pour recouvrir ces boots-ci, autant les coincer à l'intérieur, et en faire un style. Ainsi raisonnent ces pauvres hères, véritablement victimes de la mode.

Au vrai, derrière cette tendance, se cache surtout un quiproquo. Depuis de nombreuses années, les mannequins défilent en effet très souvent avec leur pantalon ostensiblement rentré dans leurs bottes. L'erreur est d'y avoir vu l'inspiration du créateur. Si cette habitude a été prise par les maisons, c'est uniquement pour que les bottes soient parfaitement visibles, et que les acheteurs puissent les admirer dans toute leur splendeur. Sur le même principe, si certains mannequins défilent avec leur pull rentré dans le pantalon, c'est seulement pour que la ceinture soit offerte à la vue de tous, et absolument pas par choix stylistique.

Comment cela pourrait-il d'ailleurs être le cas ? Si un pull rentré dans un pantalon renvoie directement aux silhouettes des Deschiens, un pantalon coincé dans des bottes apparaît, paradoxalement, à la fois comme trop efféminé et trop fruste, trop maniéré et trop militaire. De façon plus concrète, ce gimmick-là tend à couper les jambes en deux et contribue largement à tasser une silhouette. Ce qui devrait amener tous les amateurs de *boots* épaisses à renoncer aux *skinny jeans* pour se réorienter vers des jeans droits, voire *bootcut*, c'est-à-dire spécifiquement évasés à la cheville pour abriter une paire de bottes.

EST-CE BIEN RAISONNABLE ?

de ne pas porter le smoking à Cannes

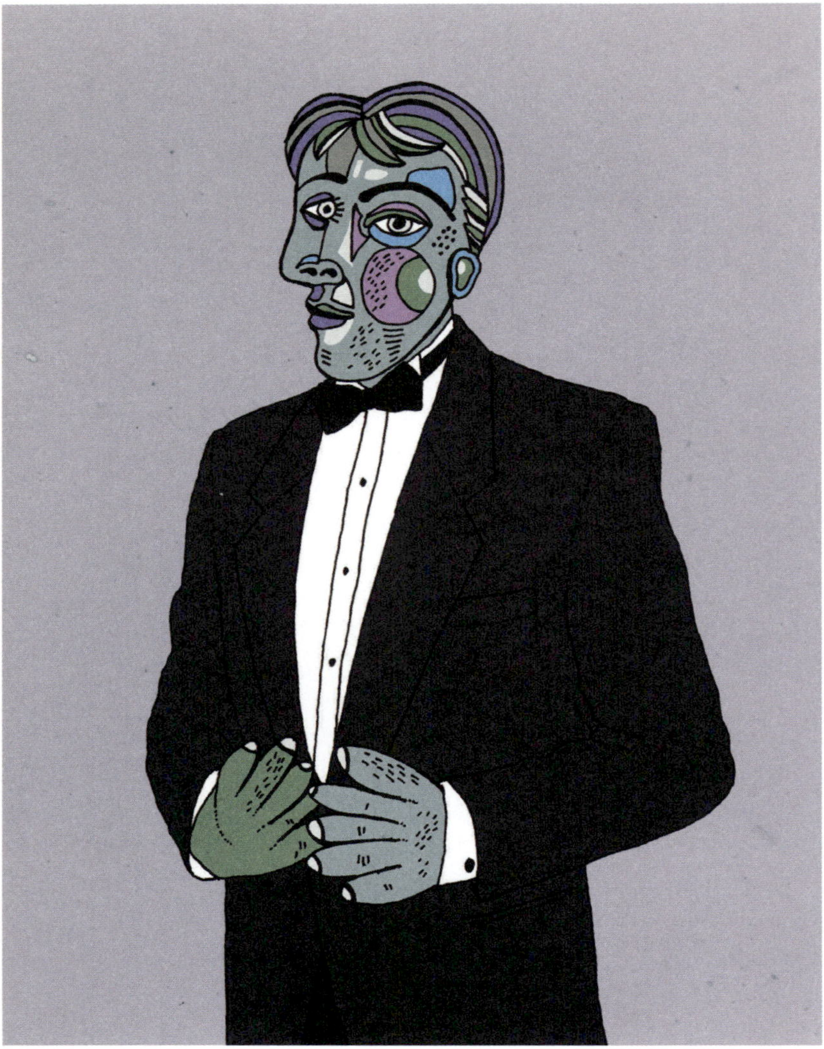

Le 15 avril 1953, à quelques heures de la cérémonie d'ouverture, Pablo Picasso fait parvenir un courrier inquiet à Jean Cocteau, le président du Festival de Cannes. Désireux d'assister à la projection, le soir même, du film d'Henri-George Clouzot, *Le Salaire de la peur*, Picasso craint qu'on ne lui en refuse l'accès, car il ne pourra respecter le *dress code* en vigueur. Il ne possède pas de smoking, et ne souhaite pas en acheter un. En conséquence, il sollicite un traitement de faveur.

Dans l'après-midi, Cocteau répond à Picasso. Par amitié et admiration, il accorde à ce dernier une dérogation et le prie de se déplacer « dans sa tenue d'artiste. » Le soir venu, le peintre, accompagné de Françoise Gillot, son amie, se présente donc au palais des Festivals vêtu d'un costume ordinaire, en velours noir, et d'une pelisse en peau de mouton particulièrement négligée. Superbe, car différent, Picasso ouvre ainsi une brèche retentissante dans le *dress code* cannois.

Celui-ci a pourtant une histoire, et une raison d'être. En septembre 1946, la première édition du festival se tient en effet dans l'ancien casino de la ville, où le port du smoking, comme dans tous les casinos de l'époque, est obligatoire pour les hommes. Ce *dress code* s'appliquera donc au festival naissant, et à ses éditions suivantes, malgré les protestations du maire de la ville, un certain Jean-Charles Antoni, qui préférerait que les touristes « soient parfaitement à l'aise dans la ville la plus déshabillée du monde ».

Aujourd'hui, si l'exigence, sans plus de précision, d'une « tenue de soirée » permet aux dames d'assumer toutes les extravagances, de la robe lingerie de Madonna en 1991 à la robe cygne de Björk en 2001 en passant par toutes celles, particulièrement dénudées, de Victoria Abril, les hommes restent donc contraints. Alors qu'ils peuvent, comme l'indique le règlement du festival, se contenter d'« une tenue correcte » pour les projections en journée, ils doivent se plier, pour les séances de gala organisées au palais des Festivals à 19 h 30 et 22 h 30, au « port du smoking ».

Depuis Picasso, les tentatives visant à s'émanciper de ce *dress code* cannois n'ont pourtant pas manqué. En 1977, à l'occasion de la projection d'*En route pour la gloire*, David Carradine monte ainsi les marches du palais des Festivals pieds nus, et, vingt ans plus tard, Bono, le chanteur de U2, se hisse à leur sommet en jeans et casquette. Les plus attentifs se souviennent même qu'en 2010, une star de la téléréalité baptisée Christophe Guillarmé et aperçue l'espace de quelques jours dans « une Ferme », se vit refuser l'accès aux marches parce qu'elle portait une veste de costume de couleur orange.

Au fond, ici, ce n'est pas une question de vêtements, mais bien une question de personne. Car un choix vestimentaire passant, chez un génie comme Pablo Picasso, pour un trait d'extravagance légitime apparaîtra chez toute autre personne comme un caprice simplement destiné à attirer l'attention. Au fond, il en va toujours ainsi : on pardonne tout à ceux qui ne se pardonnent rien, et inversement.

EST-CE BIEN RAISONNABLE ?

de laisser sa cravate desserrée

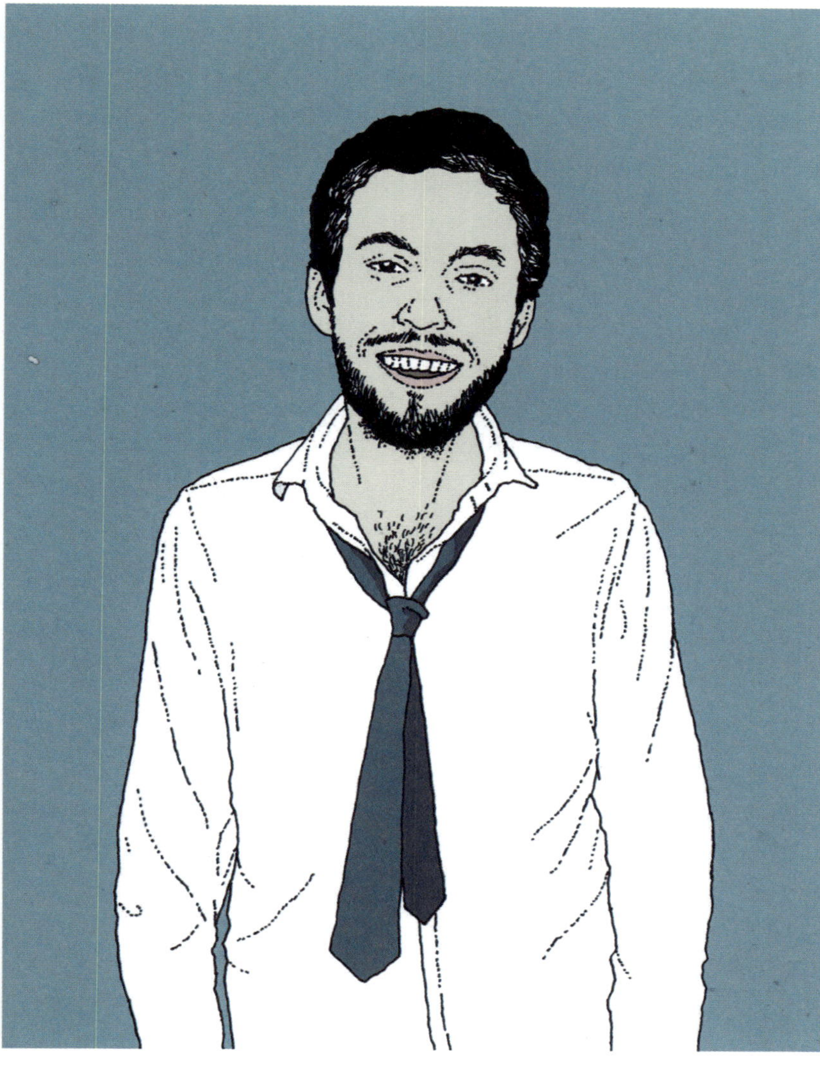

Exerçant leur art sur TF1 ou M6, de « The Voice » à « La Nouvelle Star », les stylistes des émissions de télé crochet disposent d'une batterie de techniques redoutables pour décrédibiliser les candidats et les membres du jury qu'ils habillent. Ainsi aiment-ils les affubler de pantalons moulants, de costumes satinés, de chapeaux colorés ou de vestes en cuir impossibles. Mais leur coup préféré consiste encore à les équiper d'une cravate, tout en s'abstenant d'en serrer le nœud.

Plusieurs semaines durant, le pauvre Louis Bertignac, membre du jury de « The Voice », se présenta donc chaque samedi soir, sur TF1, accessoirisé d'une cravate dont le nœud gisait au niveau de son plexus, aligné de façon quasi parfaite avec ses deux tétons (il n'était pas torse nu, mais on est bien placé pour savoir où se situent les tétons d'un homme). Imperceptiblement, ces trois points-là formaient ainsi une ligne droite, que l'on pourrait considérer, à bien des égards, comme la ligne d'amarrage du mauvais goût.

Apparu au début des années 2000 puis popularisé tout au long de la décennie, à mesure que la cravate faisait l'objet d'un travail de réhabilitation, ce gimmick stylistique comporte, en effet, de très nombreux défauts. Mécaniquement, il laisse ainsi s'installer, au niveau du col, une zone de non-droit propice à une malencontreuse exhibition de décolleté. Mécaniquement toujours, il implique que les deux extrémités de la cravate atterrissent bien plus bas qu'à l'accoutumée. Le risque que l'une d'elles plonge dans la soupe, ou se coince dans la braguette lors d'une pause-pipi, se trouve donc décuplé.

Mais il y a pire. Desserrée et pendante, la cravate apparaît en effet semblable à la corde posée autour du cou du condamné à mort sur le seuil de l'échafaud. Elle instille ainsi l'idée que les adeptes de ce style, sur le point de passer l'arme à gauche, ont renoncé à tout et n'accordent plus la moindre importance à leur look. À ce titre, il ne faut donc pas s'étonner que la cravate desserrée aille souvent de pair avec un jean dégoulinant, une chemise glissant hors du pantalon et une coiffure de fin de vie.

S'il n'est pas totalement inconcevable de libérer légèrement son cou, en deuxième partie de soirée, comme le fait parfois Frédéric Taddéï, sur le plateau de « Ce soir ou jamais », porter la cravate exagérément et fièrement desserrée n'a pas de sens. Hormis peut-être pour les stylistes eux-mêmes. Car, à quelques minutes du début d'une émission en direct, il n'y a pas de petit gain de temps, même si cela implique d'infliger à autrui un nœud tout à fait lâche…

EST-CE BIEN RAISONNABLE ?

de s'habiller moulant

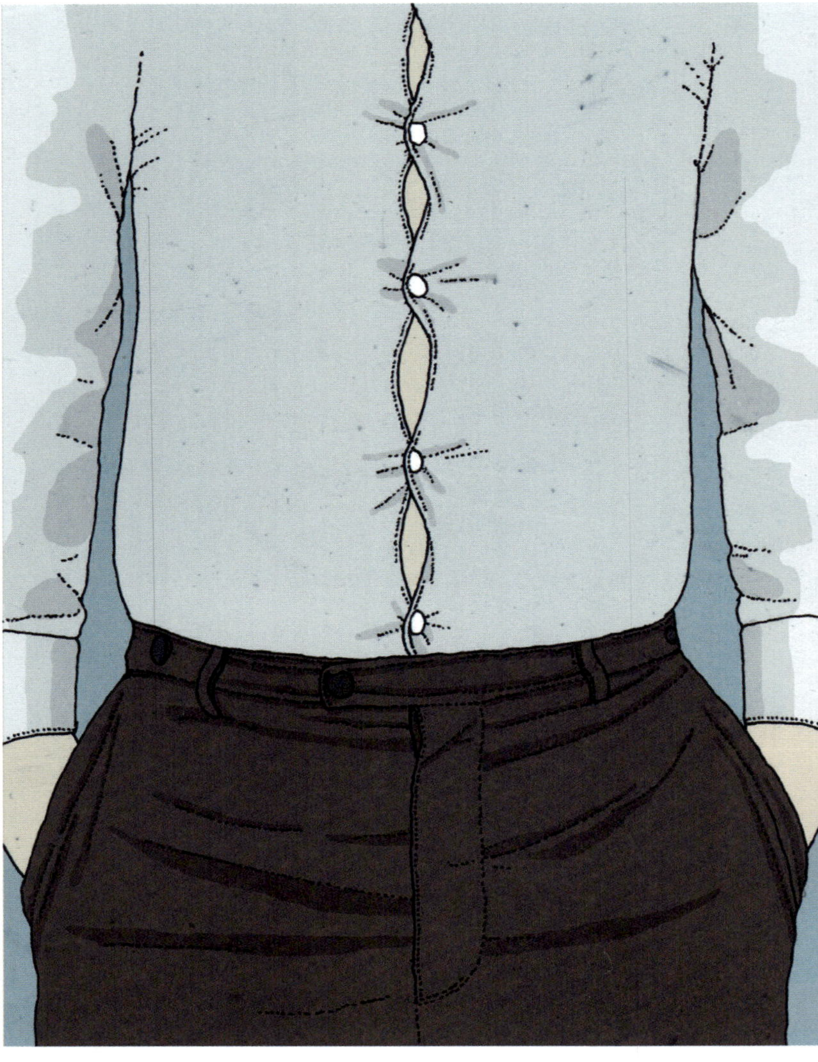

Si l'homme moderne a tendance, à bien des égards, à se voir plus grand qu'il ne l'est, il fait preuve, au moment de se vêtir, d'une curieuse modestie. Se voyant plus petit que dans la réalité, il opte alors pour des vêtements trop serrés, le moulant au niveau des épaules, du ventre, des cuisses, de la taille, des biceps et parfois même des chevilles. Ainsi s'inscrit-il, sciemment, dans la tendance que les Anglo-Saxons ont baptisée « *slim* » (mince) ou « *skinny* » (émacié).

Au vrai, l'émergence de ce courant stylistique n'est pas véritablement une surprise, pour peu que l'on se souvienne que les années 1980 furent larges d'épaules, et que la décennie suivante fut « *baggy* ». Moulante et étriquée, l'époque actuelle conforte la loi édictée par le créateur Paul Poiret, au début du XXe siècle, selon laquelle une tendance, poussée à son extrême, annonce toujours la tendance strictement inverse.

Si elle se tient sur le papier, la tendance « moulant » n'a aucun sens d'un point de vue purement esthétique, car elle repose sur une croyance farfelue. Selon un raisonnement proche de celui qui poussa certains footballeurs, au début des années 1990, à opter pour des chaussures trop petites dans l'espoir de mieux sentir le ballon et ainsi de briller techniquement, les hommes s'habillant moulant sont en effet persuadés de se mettre en valeur. Les plus musclés pensent faire ressortir leurs atouts, les plus gros croient cacher leurs défauts et les freluquets se disent, sans doute, qu'il n'y a aucune raison de ne pas en être.

Évidemment, ils se trompent. Car, de la même manière que les footballeurs mal chaussés iront toujours au-devant de grands déboires (demandez à Guy Roux : l'un de ses joueurs, le dénommé Christophe Cocard, fut longuement blessé après avoir porté une paire trois tailles trop petite...), les hommes coincés dans leurs vêtements dégageront irrémédiablement une impression d'inconfort, donc d'inélégance. Pour les plus épais d'entre eux, le parti pris se révélera même hautement contre-productif. En faisant de leurs vêtements de véritables gaines, ceux-ci souligneront surtout leur surcharge pondérale. Assis, leur pantalon descendra bas sur leurs fesses et leur chemise tirera entre les boutons, révélant l'excès de club-sandwiches. Debout, c'est la veste de leur costume qui les trahira. Fermée, elle plissera au niveau de l'estomac. Mais laissée ouverte, ce sera pire. Car, selon une règle immuable, une veste de costume ouverte ajoute toujours cinq kilos à une silhouette.

Promue, au début des années 2000, par des créateurs comme Raf Simons, Jil Sander ou Hedi Slimane, puis portée par la réhabilitation des jeans à élasthanne et des chemises à pinces de taille, la tendance « moulant » comporte donc autant de défauts que la tendance « baggy ». Au vrai, entre le trop grand et le trop petit, il faut apprendre à connaître sa taille juste. Cela implique, au moment de l'achat en boutique, de ne pas écouter les conseils des vendeurs et de ne plus jamais rentrer son ventre devant le miroir.

EST-CE BIEN RAISONNABLE ?

de porter un débardeur en public

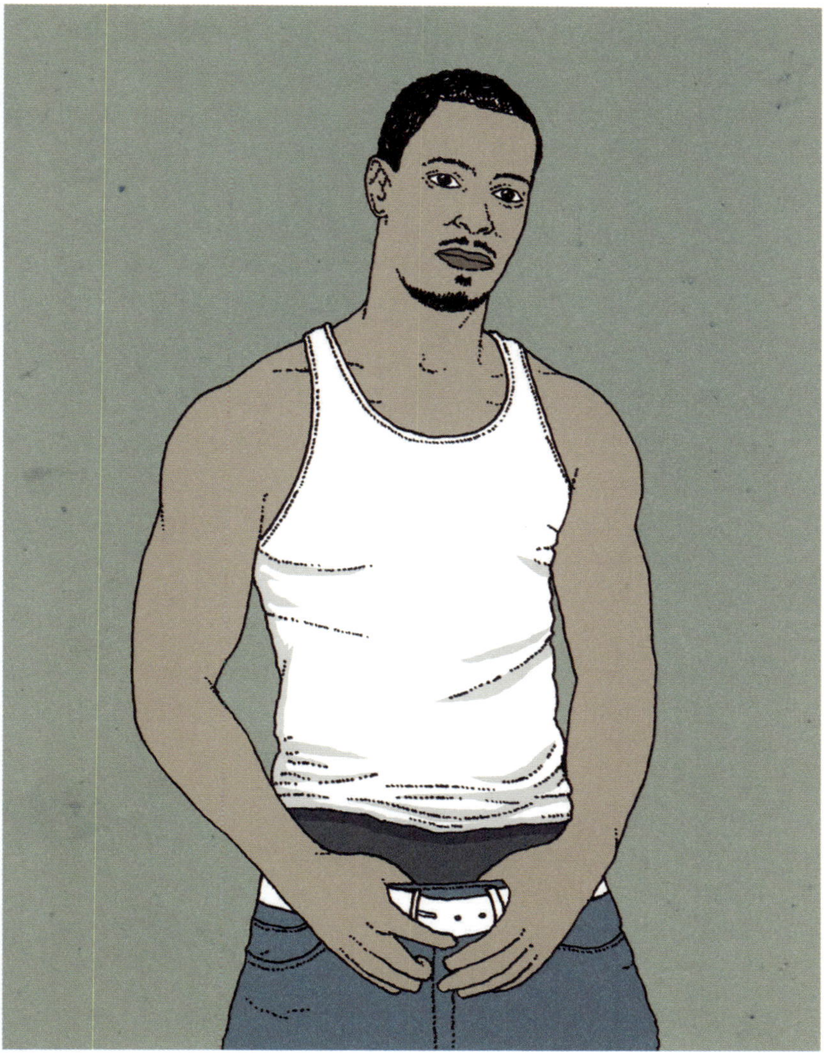

Si l'homme moderne n'a jamais rechigné à glandouiller chez lui, des heures durant, vêtu de quelque sous-vêtement douteux, il ose, désormais, arborer une tenue similaire à l'extérieur et en public. Ainsi, à défaut de croiser régulièrement des messieurs en boxer ou caleçon, il n'est plus rare de repérer, ici ou là, dans la rue, des hommes simplement parés d'un débardeur.

Bien plus qu'une solution de facilité, le port du débardeur apparaît ici comme un choix stylistique fort et pleinement réfléchi. Au vrai, s'il reste assumé par quelques vieux fumeurs de Gitanes négligeant leur apparence au point d'aller promener leur chien dans leur tenue de nuit, le débardeur semble, aujourd'hui, surtout populaire auprès de jeunes gens très soucieux de leur image. Pour ceux-ci, il fait même office de vêtement d'apparat, parfaitement adapté à des situations de mondanités estivales.

Si cet attrait marque évidemment la volonté de se montrer, en exhibant des bras sculptés au Club Med Gym, il révèle surtout le changement de statut du débardeur. Apparu au milieu du XIXe siècle et longtemps resté invisible, planqué sous une chemise ou simplement dévoilé dans l'intimité du domicile, celui-ci est, en effet, passé de la sphère privée à la sphère publique.

Si une série d'acteurs américains contribuèrent tout au long de la deuxième moitié du XXe siècle à cette transformation (de Marlon Brando dans *Un tramway nommé désir* à Bruce Willis dans *Piège de cristal* en passant par De Niro dans *Raging Bull*, le débardeur reste comme le vêtement des rôles de gros durs, au point que les Américains lui ont trouvé un terrible surnom : le « *wifebeater* », le vêtement des cogneurs de femmes), celle-ci a véritablement pris corps, chez nous, ces vingt dernières années.

Logiquement chéri des *boys bands* qui déferlèrent ici à la fin des années 1990, le débardeur fut en effet accaparé, quelques années plus tard, par les participants aux émissions de téléréalité, telle « Loft Story ». Offerts au regard de chacun mais habillés comme dans l'intimité, ceux-ci brouillèrent à leur insu les notions de sphère privée et de sphère publique. Ainsi, en arborant le débardeur à l'intérieur du « Loft », ils contribuèrent largement à en faire un vêtement du dehors.

On ne le mettra évidemment pas à leur crédit. Car le débardeur, surnommé chez nous « marcel » en référence au nom d'une vieille marque de sous-vêtements, est évidemment une pièce problématique. C'est, en tout cas, à notre connaissance, la seule pièce du vestiaire masculin dans laquelle un homme ne pourra jamais héler un taxi dans la rue sans paraître indécent.

EST-CE BIEN RAISONNABLE ?

de porter des tongs à la ville

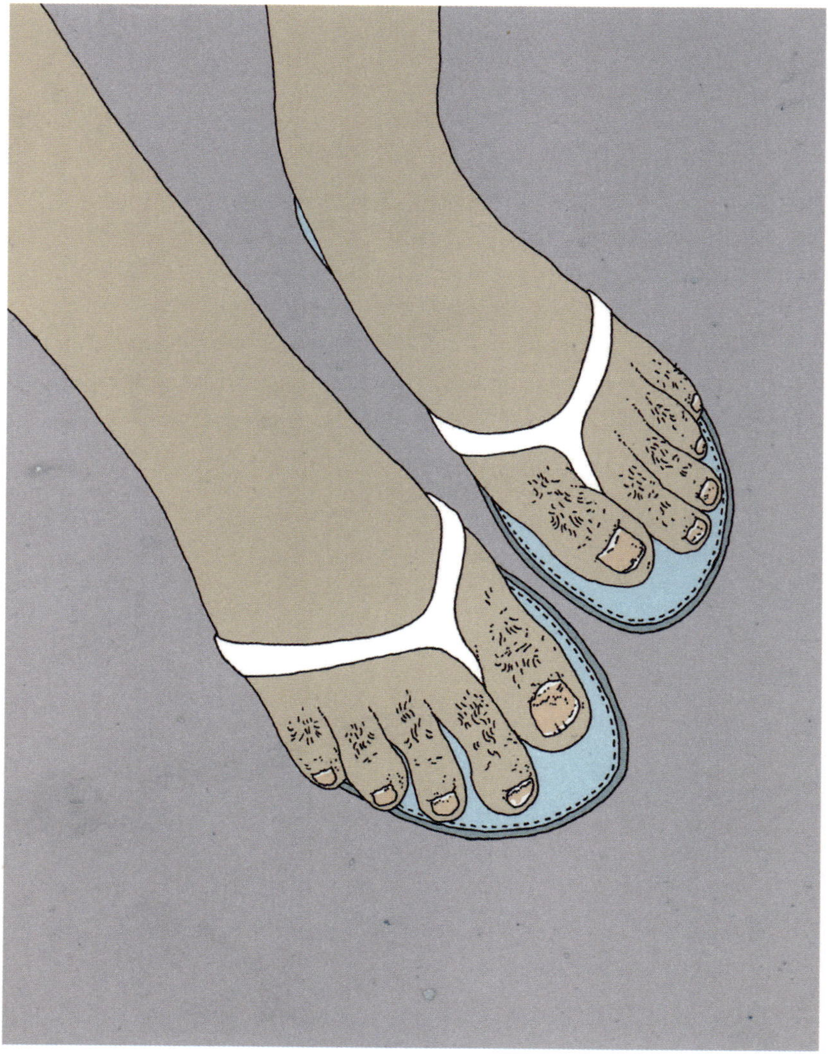

Si l'arrivée de l'été est pour beaucoup l'occasion de lever le pied, voire carrément de prendre ses pieds à son cou, c'est aussi, pour certains, le moment de les dénuder et de les exhiber. Ainsi, à défaut de croiser régulièrement des hommes et des femmes se baladant pieds nus en pleine ville, il n'est pas rare d'apercevoir des individus aux orteils découverts, chaussés de sandales, sandalettes, spartiates et, plus souvent encore, de tongs.

Si la banalisation du port de cette chaussure d'été, mise au point dès 5500 av. Jésus-Christ par les Égyptiens, correspond évidemment à l'envie de rester au frais afin de marcher d'un pas aéré, pour ne pas dire aérien, elle marque aussi un glissement dans la garde-robe urbaine, et révèle même un rabaissement général du niveau d'exigence. Ainsi, il semble désormais acceptable d'arborer à la ville des vêtements autrefois limités à la plage, ou, tout du moins, à un contexte de villégiature.

De la même façon que les shorts de bain devinrent, il y a quelques années, des shorts de ville quasi ordinaires, obligeant les piscines à légiférer et à imposer le port du slip, les tongs ont ainsi quitté leur milieu d'origine pour devenir des chaussures à part entière et même de véritables objets de mode. En effet, il existe aujourd'hui sur le marché des tongs à fleurs, à talons, à plumes et même des tongs bijoux, semblables aux fameux strings bijoux apparus il y a quelques années (mais, à bien y réfléchir, les tongs ne sont-elles pas les strings du pied ?).

Surnommées « gougounes » par les Québécois, « slaches » par les Belges et « flip-flops » par les Anglais, en raison du léger bruit qu'elles émettent à chaque pas, les tongs doivent, en grande partie, leur changement de statut aux étudiants des universités américaines. Revenant de leur traditionnelle semaine de décompression à Cancun, baptisée Springbreak, ceux-ci ont en effet pris l'habitude, au fil des ans, de conserver sur le campus les tongs qu'ils arboraient sur la plage. Ce qui permet, aujourd'hui, à beaucoup d'entre eux de laisser reposer leur UGG sans rabaisser leur niveau d'inélégance…

Car, malgré leur popularité (la marque brésilienne Havaianas en vendrait plus de 162 millions de paires par an), les tongs restent des chaussures dégradantes, dévoilant une partie peu ragoûtante de l'anatomie et exposant leurs adeptes à de nombreux périls. En milieu urbain, la probabilité que ceux-ci terminent une journée sans s'être retourné l'ongle de l'orteil ou sans avoir chuté en courant derrière un bus paraît même mince. À tout prendre, on préférera donc l'espadrille.

EST-CE BIEN RAISONNABLE ?

de porter du fluo

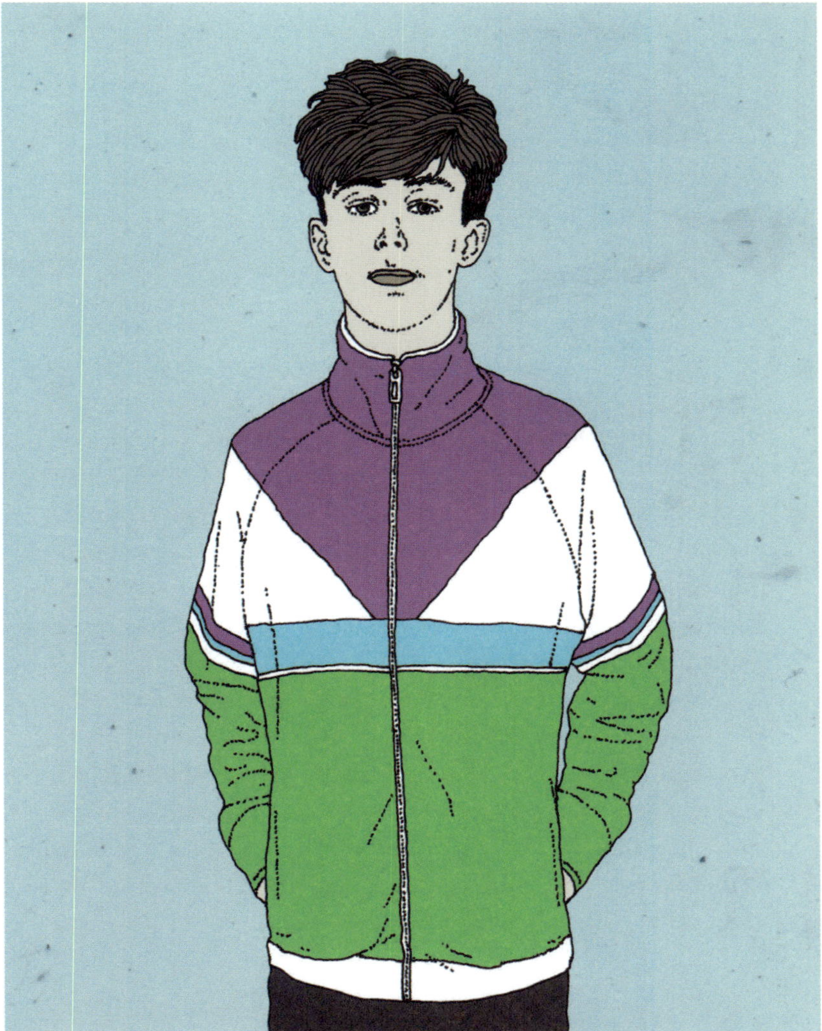

À force d'entendre que la mode était dans la rue, certains ont peut-être fini par croire qu'elle se trouvait carrément sur la chaussée. Depuis quelques saisons, il n'est en effet plus rare de croiser, ici ou là, des individus arborant des vêtements et accessoires confectionnés dans des couleurs précédemment réservées aux professionnels de l'asphalte, tels que les employés de la DDE, les caissiers de péage ou les agents en charge de la propreté des autoroutes.

Concrètement, le fluo, en particulier le jaune et l'orange, semble aujourd'hui faire l'objet d'un véritable engouement. Appliqué à une grande variété de supports, allant des tongs aux tee-shirts à col en V en passant par les maillots de foot ou les sacs à main, le fluo a ainsi dépassé le cercle des adolescents recherchant leur identité dans les mouvements de bras, les gels pour cheveux et les séances shopping (on les appela un temps « tecktonik »), pour devenir une couleur vestimentaire acceptable, au même titre, par l'exemple, que l'aubergine ou le brique.

S'il a déjà connu une popularité forte dans les années 1980, au moment de ses premières applications d'ordre textile, la banalisation actuelle du fluo trahit de manière limpide l'esprit de l'époque. Ainsi, de la même façon qu'un agent en charge de la propreté des autoroutes cherchera à tout prix à se faire remarquer des automobilistes au moment d'aller retirer un bout de hérisson traînant au milieu de la voie centrale, être vu, revu et, si possible, *liké* apparaît, désormais, comme une obsession pour le commun des mortels.

Au-delà de toute préoccupation d'ordre sécuritaire, le fluo matérialise ce souci de visibilité et garantit à celui qui l'arbore de n'être jamais considéré comme un individu transparent. Couleur de l'important, soulignant ce qu'il faut retenir, il lui assure même de taper dans l'œil d'autrui. Car, relevant d'un procédé technique complexe, consistant en l'excitation d'une molécule par absorption d'un photon, le fluo demeure une couleur à part, à l'impact visuel singulier, pour ne pas dire redoutable.

Parmi de nombreuses études réalisées sur la question, une enquête américaine a ainsi révélé qu'au milieu d'une foule d'objets, on mémorisait presque deux fois plus les objets fluo. Une autre étude, anglaise celle-ci, a démontré qu'un individu vêtu de fluo attirait 30 % de regards de plus que le même individu vêtu de noir. Mais l'étude en question ne précisait pas si les regards en question étaient admiratifs ou condescendants. Elle ne précisait pas non plus si deux personnes vêtues de fluo restaient longuement à s'admirer lorsqu'elles se croisaient dans la rue. Au rythme auquel va la mode et à la vitesse à laquelle croissent les ego, cette hypothèse nous apparaît pourtant fort plausible.

TROP MANIÉRÉ

EST-CE BIEN RAISONNABLE ?

de retrousser les manches de sa veste

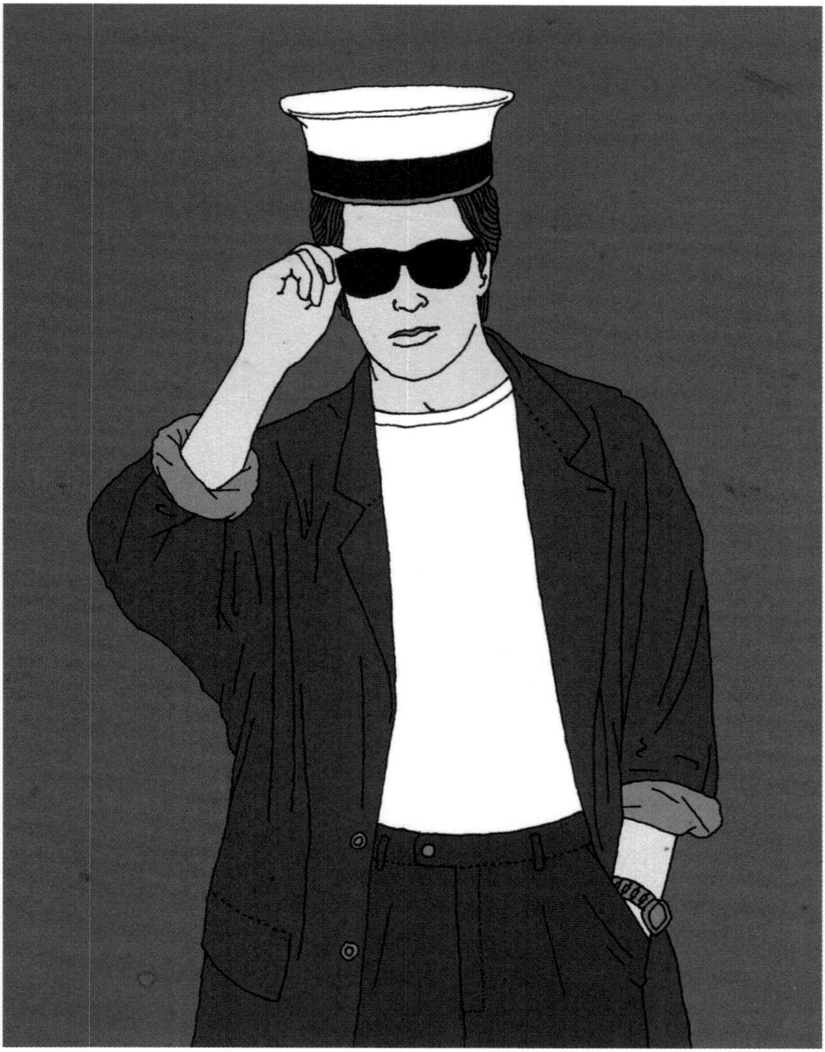

Puisque les ouvriers remontaient autrefois les manches de leur chemise avant de passer à l'action, et que les *bikers* ont un temps roulé celles de leur tee-shirt pour y coincer des clopes, les jeunes gens dans le coup estiment peut-être avoir une descendance à assumer. Depuis quelque temps, certains d'entre eux, filles ou garçons, retroussent en tout cas les manches de leur veste, et semblent y prendre un malin plaisir. Après tout, même les magazines de mode affirment que la trouvaille est excellente.

Ce n'est pourtant pas une trouvaille. Au début du XVIIIe siècle, les marins de la Royal Navy roulaient déjà les manches de leur veste d'uniforme, pour être plus efficaces dans les manœuvres. Puis les médecins et les chirurgiens s'y mirent, aussi par nécessité. Ils roulèrent leurs manches pour dégager le champ opératoire, et éviter que leur boutonnière de poignet ne se prenne dans le cordon ombilical lors d'un accouchement délicat. Exactement sur le même principe, c'est en délaissant la cravate au profit du nœud papillon que Le Corbusier s'assurera, bien plus tard, qu'aucun morceau de tissu ne viendra jamais squatter son plan de travail, et compromettre ses plans.

Comme souvent, ce n'est donc pas le geste en lui-même qui pose un problème particulier, mais sa transition de l'utile vers le futile. Les chirurgiens ayant depuis un bon moment adopté la toge stérile, il ne reste, au vrai, que de mauvaises raisons pour se retrousser les manches, et notamment cette sempiternelle envie de déconstruire le costume pour en faire un objet cool et décontracte. Au mitan des années 1980, c'était déjà pour cela que l'impayable Don Johnson, co-héros de *Miami Vice*, remontait ses manches Armani. Le gimmick devint même sa signature stylistique, avant de se transformer en mode contagieuse, attrapée par tous les groupes pop de l'époque.

Comme toutes les modes, celle-ci est donc passée, puis revenue, d'on ne sait où, on ne sait comment. D'un point de vue purement esthétique, puisque c'est aussi de cela qu'il s'agit, elle reste toujours aussi aberrante. Retroussée, une manche de veste devient une manche trois quarts, et détruit ainsi le subtil équilibre des proportions d'une veste. Avec une manche retroussée, une veste paraît toujours trop longue et sa gorge, son décolleté, forcément trop profond. En matière de longueur de manches, il n'y aura, au vrai, jamais qu'une seule règle à respecter : la manche de veste doit s'arrêter deux centimètres au-dessus du poignet de chemise, c'est tout.

EST-CE BIEN RAISONNABLE ?

de porter une cravate quand on est une fille

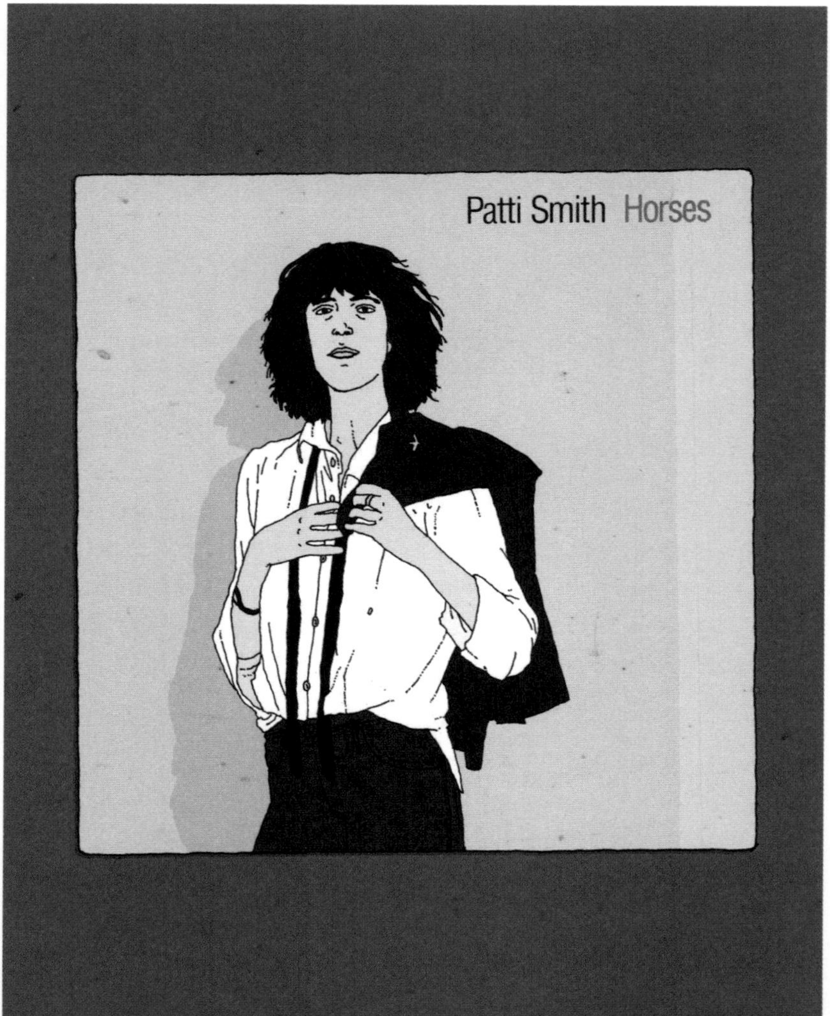

Puisque Honoré de Balzac a eu la gentillesse de nous avertir que « la cravate de l'homme de génie ne ressemble pas à celle du petit esprit », il aurait aussi pu nous prévenir que la cravate de la femme libre, indépendante et, accessoirement, fumeuse de pipe, telle George Sand, n'avait pas grand-chose à voir avec la cravate de la fille vaguement dans le coup, et très mollement punk rockeuse, telle Avril Lavigne. Cela aurait permis d'éviter toute assimilation entre l'auteure de *La Mare au diable* et celle de *Skater Boy*.

Car, au début de l'histoire, la cravate était, chez la femme, une affaire politique. En délaissant corsets et crinolines pour s'approprier l'accessoire masculin ultime, les féministes du XIXe siècle, de Flora Tristan à George Sand, revendiquaient en effet le droit à mener une vie libre et active. À la même époque, la féministe américaine Amelia Bloomer formalisa, pour les femmes, une tenue d'action dite « rationnelle ». Outre un pantalon large serré aux chevilles par des volants, celle-ci comprenait une cravate d'homme, symbole de l'émancipation, pas encore objet de mode.

Le point de bascule se situe en 1975, à la sortie du premier disque de Patti Smith. Photographiée par son ami Robert Mapplethorpe, la chanteuse arbore sur la pochette de *Horses* une chemise d'homme, blanche, et tient sur son épaule une veste de costume noire. Une fine cravate, totalement dénouée, pend autour de son cou. Sans le vouloir ni le savoir, Patti

Smith lance une mode. Bien plus tard, plusieurs créateurs de haut rang, tels Hedi Slimane ou Ann Demeulemeester, diront en effet avoir été particulièrement influencés par l'image de Mapplethorpe et par la dégaine de la chanteuse.

Largement dépolitisé et banalisé, le port de la cravate est aujourd'hui, pour la femme, un gimmick stylistique de plus, et une autre manière de faire la maligne. Les punkettes rockeuses de radio crochet l'aiment rouge et noir, anorexique, portée sur un débardeur blanc. Les lesbiennes la mettent parfois en clin d'œil à Shane, l'héroïne de la série *L Word*. Les soirs de *binge drinking*, les Anglaises aiment, elles, l'arborer avec une chemise déboutonnée, et une minijupe plissée en flanelle grise ou marine, comme l'uniforme d'une écolière à défroquer.

S'il y a presque autant de façons de la porter au féminin qu'au masculin, la cravate s'avère d'un pur point de vue stylistique – puisque c'est désormais de cela qu'il s'agit – souvent déplacée sur une femme. Moins souple et chatoyante qu'un nœud lavallière, elle semble forcée, voire costumée. C'est évidemment pour cela qu'Yves Saint Laurent, apôtre du costume féminin, en sera toujours resté à bonne distance, préférant manier toutes sortes de nœuds et, mieux encore, travailler avec le décolleté de la femme…

EST-CE BIEN RAISONNABLE ?

d'avoir recours au gel

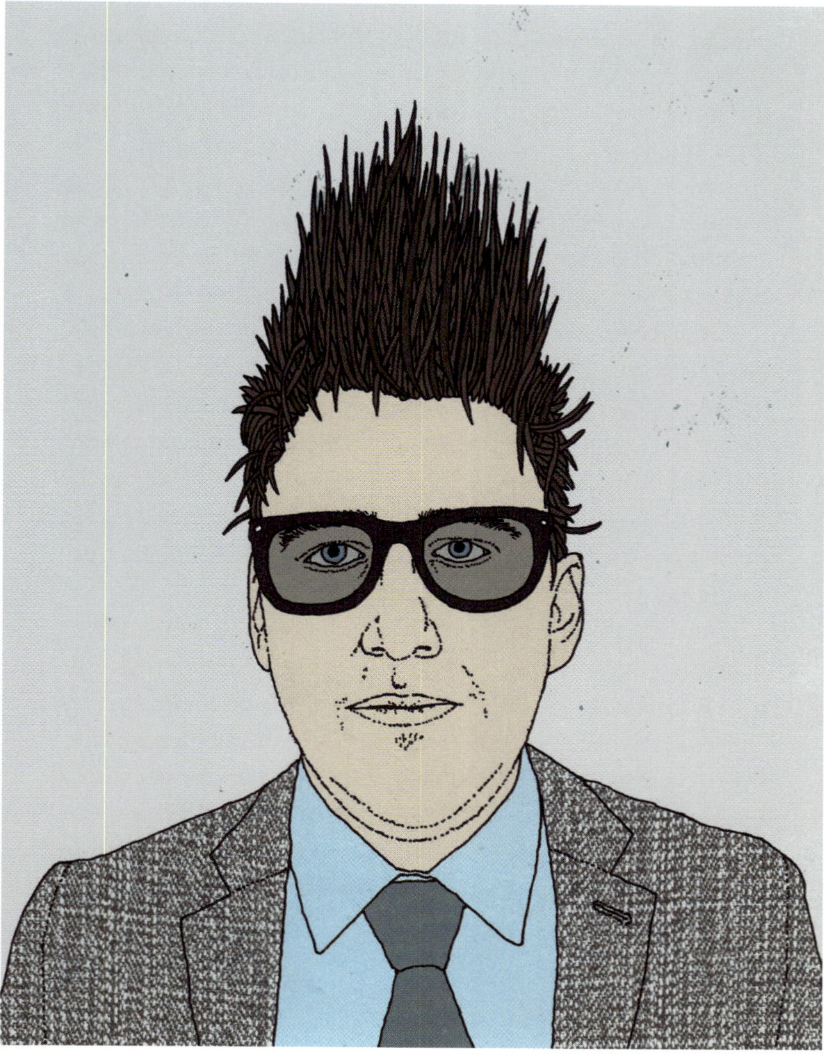

S'il fallait illustrer efficacement l'incapacité qu'éprouvent parfois hommes et femmes à se comprendre, le thème du gel coiffant ferait très bien l'affaire. En effet, les hommes se tartinant chaque matin les cheveux sont persuadés qu'ils renforcent ainsi considérablement leur capital séduction. Or les femmes perçoivent ceux-ci de la même façon que les accros au Point Soleil ou les adeptes de l'épilation des sourcils. Autant dire qu'elles voient en eux de véritables tue-l'amour.

Objectivement, l'amateur de gel coiffant présente bien des défauts. Le matin, il lui arrive de sentir du cuir chevelu et d'avoir les doigts qui collent. Le soir, quand il n'est pas agrémenté de particules résiduelles, il paraît souvent extrêmement mal coiffé, comme surplombé d'une masse agglomérée proche du ballot de paille. Entre les deux, au fil de la journée, ce n'est finalement qu'une lente descente aux enfers. Car une coiffure au gel est, par définition, un édifice fragile.

Qu'il s'agisse d'une laque ou d'une crème, le gel coiffant, généralement composé d'eau, d'alcool et de molécules chimiques collantes, a en effet pour vocation de maintenir les cheveux dans une position qui n'est pas naturellement la leur. Il va ainsi contre la nature, s'engageant dans un combat voué à l'échec mais berçant son utilisateur de quelques illusions. Car l'homme adepte du gel coiffant rêve toujours d'une coiffure qui n'est pas la sienne. Si ses cheveux sont frisés, il les veut raides. S'ils sont secs, il les fantasme soyeux. S'ils sont faibles, il les imagine costauds et susceptibles de fissurer les murs, comme dans la publicité à la télé.

Là est bel et bien le problème. Car, si le recours au gel est susceptible de provoquer sur certains visages de véritables méprises (la combinaison d'une barbe de trois jours et d'une chevelure mouillée fera passer le plus honnête des hommes pour une petite frappe échappée des Baumettes), il fait surtout la démonstration d'une forme d'infantilisme et d'insécurité coupables. Comme l'homme qui retient sa respiration pour rentrer son bide, sur la plage, celui qui se pare de gel ne peut être parfaitement bien dans sa peau.

Au vrai, sorti de l'adolescence, il faudrait avoir appris à tirer le meilleur parti de son physique, et de son dispositif capillaire. Il faudrait avoir trouvé le bon coiffeur, avoir déterminé la bonne coupe et mis au point la meilleure façon de la reproduire le matin, sans s'escrimer devant le miroir et sans recourir à un quelconque produit collant. Au fond, il faudrait avoir appris à se connaître. Car c'est encore le meilleur moyen de se vendre auprès des acheteuses potentielles.

EST-CE BIEN RAISONNABLE ?

de faire broder ses initiales sur sa chemise

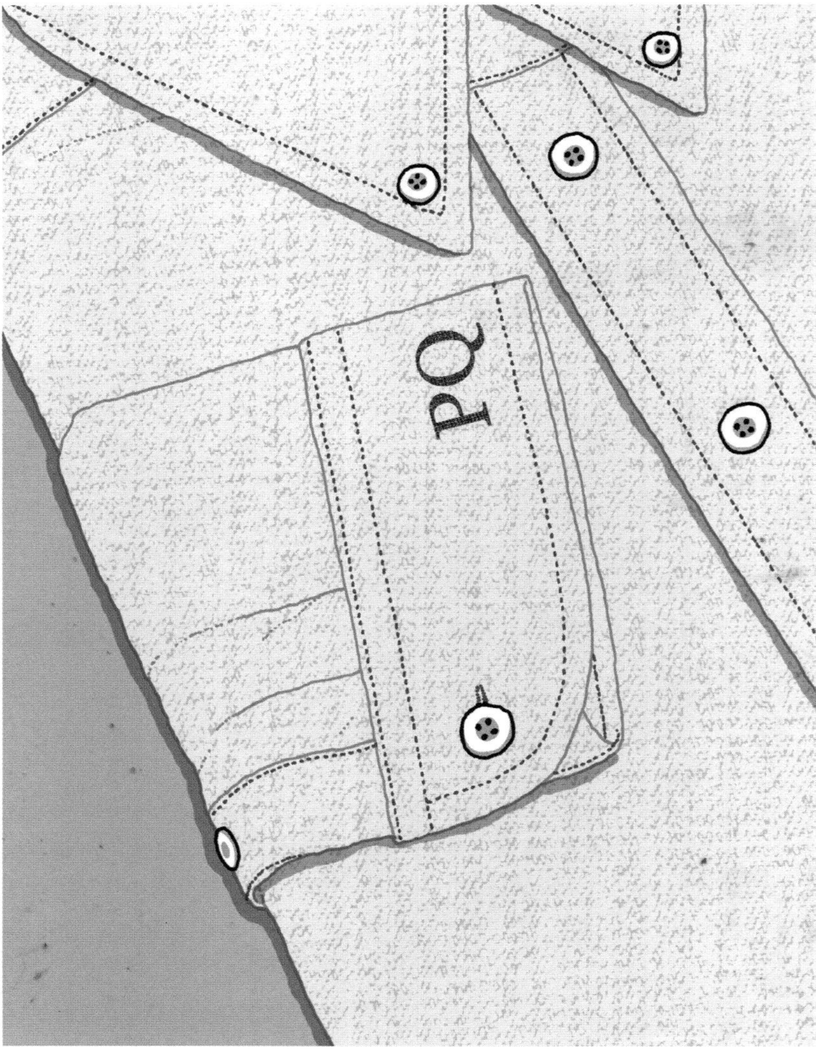

À l'instar du vendeur en électroménager ou du participant à une soirée *speed dating*, arborant respectivement un badge et un autocollant à leur prénom, l'homme coquet décline parfois, de façon ostentatoire, des éléments constitutifs de son identité. Sa pratique consiste, en l'occurrence, à faire broder sur sa chemise un monogramme reprenant ses initiales. Ce qui en dit au moins aussi long sur la relation qu'il entretient avec sa propre personne que sur celle qu'il entretient avec sa chemise.

Car l'adepte de la chemise monogrammée n'est animé d'aucune préoccupation pratique. À l'inverse du vendeur ou du célibataire, son intention n'est pas de faciliter le contact avec autrui. Elle n'est pas non plus de réaffirmer que sa chemise lui appartient, comme pourrait le faire un chien en urinant sur son territoire. Car, de l'avis général, il paraît largement suffisant de porter une chemise pour couper court à toute discussion éventuelle sur l'identité de son propriétaire.

Dénué de véritable sens, ce marquage vestimentaire relève donc de la pure vanité. Là où le vendeur et le célibataire se soumettent (respectivement, à la règle de l'entreprise et à la règle du jeu), l'adepte de la chemise monogrammée entend, au contraire, exprimer une forme de pouvoir et de standing, indiquant de façon tangible que la pièce qu'il arbore a été faite spécifiquement pour lui, à ses mesures et ses initiales. Ainsi est-il persuadé de s'inscrire dans la lignée des chevaliers trimbalant, au Moyen Âge, des écus peints à leurs armes.

Évidemment, il se méprend, comme l'on se méprendrait en fixant un aileron sur le hayon d'un Ford Mondeo dans l'espoir d'impressionner la galerie. Car il est désormais possible de faire confectionner une chemise à ses mesures et ses initiales pour à peine plus de 70 euros. À défaut d'être un gage de qualité et un symbole d'aisance financière, la chemise monogrammée, relevant d'une forme du tuning vestimentaire, a donc tout pour devenir le marqueur de la vulgarité et du mauvais goût.

Outre son caractère dérisoire, le monogramme a en effet tendance à polluer une chemise, exactement comme le ferait un logo, une tache de bolognaise ou un stylo coincé dans la poche. Au vrai, qu'il soit placé au niveau de la poitrine, du flanc ou du poignet (c'est là que l'Italien Lapo Elkann, descendant de la famille Agnelli et jet-seter notoire, a l'habitude de faire broder un drapeau de son pays), le monogramme est toujours de trop. Surtout quand l'on se nomme, à tout hasard, Pascal Dorian ou Patrick Quesneau.

EST-CE BIEN RAISONNABLE ?

de porter son sac à main au pli du coude

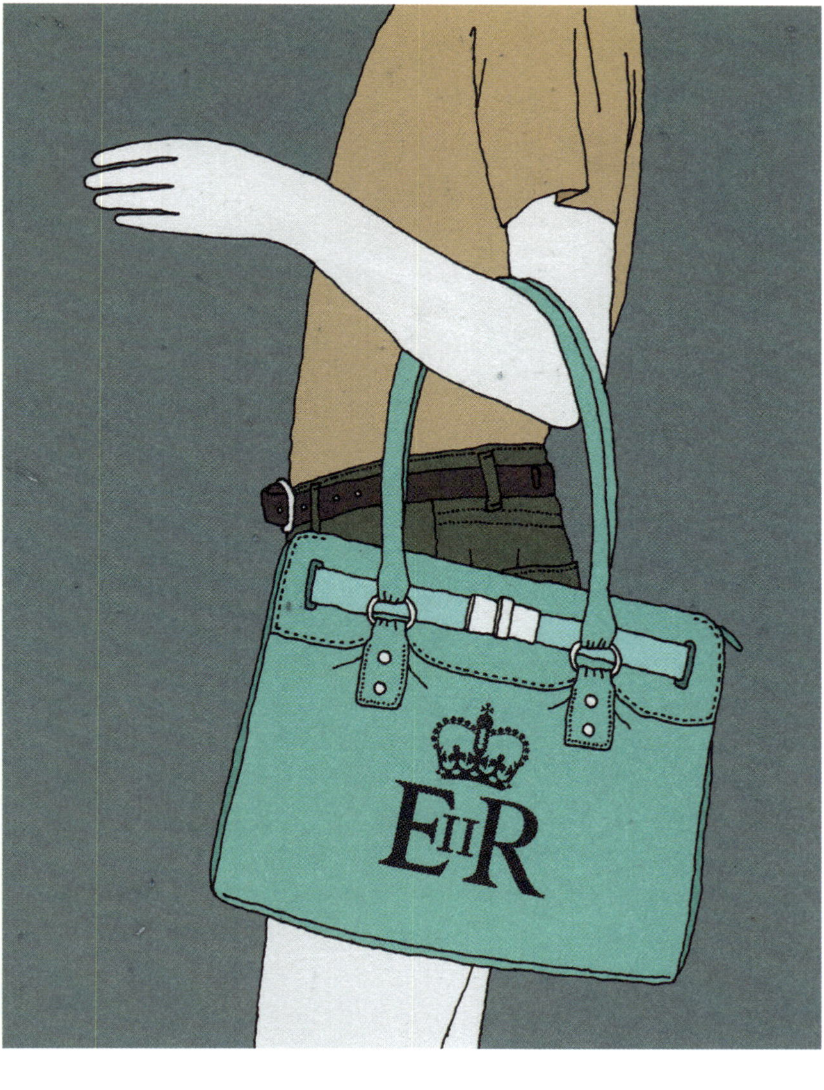

Puisque l'homme moderne est capable de transporter un portefeuille épais comme un sandwich multi-céréales dans la poche arrière de son jean, la femme moderne estime avoir tous les droits avec son sac à main. Il lui arrive ainsi de l'enfiler au bout de son bras, de le coincer au niveau du coude, et d'avancer le membre contraint, mais l'air terriblement sophistiqué. Car ce geste donne indubitablement de la hauteur.

Moins décontractée que l'adepte du sac en bandoulière et moins mobile que la partisane du sac à l'épaule, la tenante du sac au coude paraît toujours raide et précieuse, fendant la foule des mécréants telle une reine en son royaume. Ce n'est donc pas un hasard si toutes les poseuses du monde, de Victoria Beckham à la *Queen* Elizabeth II en passant par la blogueuse de mode Garance Doré, portent leur sac ainsi.

Cette coquetterie trouve son origine au début du XXe siècle. Encore régulièrement cantonnées à un rôle de faire-valoir, les femmes n'ont rien de plus à trimbaler que leur nécessaire de beauté. Elles se contentent donc parfois d'une petite pochette, qu'elles coincent négligemment sous leur bras ou qu'elles tiennent à la main. Le reste du temps, elles arborent, à leur coude, un sac à main à valeur d'ornement. Dans le genre, le Kelly, créé par Hermès dans les années 1930, fait référence.

Près de quatre-vingts ans plus tard, le périmètre d'influence féminin s'est quelque peu élargi, mais les designers de mode s'évertuent encore à créer des sacs de représentation plus que des sacs d'action, tels, pour les plus connus et les plus chers d'entre eux, le Lady de Dior, le Muse d'Yves Saint Laurent ou encore le Speedy de Louis Vuitton. Équipés de poignées ou d'anses microscopiques, ces sacs ne peuvent être mis à l'épaule et échouent souvent au niveau du coude, contraignant leur propriétaire dans ses mouvements. Car, s'il est envisageable, ainsi lestée, de gambader place Vendôme, il s'avère plus difficile de manœuvrer une poussette dans les couloirs du RER à Châtelet-Les Halles un samedi après-midi. Faites le test.

À moins de vivre hors du monde et de ses contingences, porter ainsi son sac à main n'a donc guère de sens. Selon certaines études médicales, cette pratique comporterait même de réels dangers. Positionné de la sorte, un sac à main pèse en effet trois fois plus que lorsqu'il est porté à l'épaule, près du centre de gravité. Si l'on considère dans le même temps que le sac à main moyen est aujourd'hui deux fois plus lourd qu'il y a trente ans, alors l'ombre du *tennis-elbow* plane sérieusement. Au Japon, de nombreuses femmes seraient déjà traitées pour des douleurs musculaires de ce type.

EST-CE BIEN RAISONNABLE ?

de relever le col de son polo

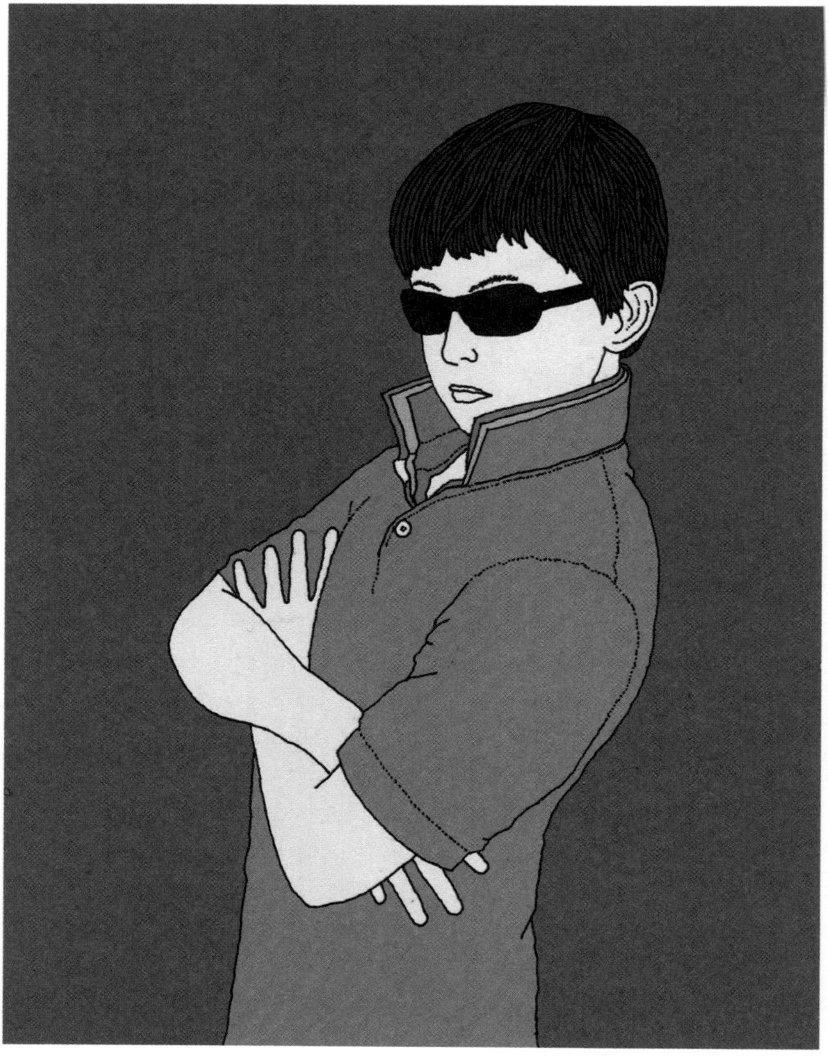

Si les retraités le coincent dans leur pantalon et les branchés le boutonnent jusqu'à la glotte, les fils de bonne famille ne sont pas en reste en matière de maltraitance infligée au polo. Depuis quelque temps, ils s'amusent à en relever le col et à le maintenir coûte que coûte en position haute, un peu comme ils s'obstineraient à rouler sur le front de mer à Deauville, la capote de la voiture baissée, un soir de janvier.

Le polo n'a évidemment pas été pensé pour ce genre de gimmicks. Créé en 1929 par René Lacoste, il a été conçu pour faciliter la vie des tennismen en plein effort et son col répond scrupuleusement à cette problématique. Plus court que le col des chemisettes qu'ils arboraient jusque-là, plus souple que le col boutonné que les joueurs de polo avaient fini par adopter pour éviter qu'un pan de tissu n'atterrisse dans leur figure au cours d'une cavalcade, le col du polo a du sens et une utilité quand il est allongé, imperceptible et quasi invisible. Dressé, il finira par tomber et c'est tout le problème.

Quand les marins relevaient le col de leur caban, celui-ci restait droit, et ils étaient protégés du froid ou du soleil. Quand Humphrey Bogart remontait le col de son trench-coat dans *Casablanca*, il évitait la pluie. De la même façon, au XVIIIe siècle, il n'y avait rien de honteux à relever le col de sa veste, car c'était une façon efficace de se protéger du baiser d'un vampire ou de signifier que la police ne nous mettrait jamais la main au collet. Tout cela avait du style, car tout cela avait du sens. Mais, avec le polo, rien ne justifie une telle mise en scène, sinon le désir de poser et de se distinguer.

C'est en 1980, dans *The Official Preppy Handbook*, manuel stylistique à destination de l'élite estudiantine américaine, que cette saugrenue coquetterie fut pour la première fois formulée et défendue. Placé au même niveau que l'iconique pull noué sur les épaules, le col relevé est soudainement apparu comme un marqueur social. Autant dire qu'il n'a pas fallu attendre longtemps pour que poseurs et imposteurs s'approprient le geste, et le décrédibilisent.

Si, aux États-Unis, dresser le col de son polo équivaut aujourd'hui, en termes de distinction, à coller ses fesses contre la fenêtre de l'autocar, le geste semble bénéficier chez nous d'une cote de sympathie grandissante. Il est ainsi de plus en plus fréquent de croiser, dans des coupe-gorge du type Jasmin ou La Motte-Picquet-Grenelle, des grappes de jeunes bien nés et bien peignés vêtus de polos Ralph Lauren ou Vicomte Arthur au col dressé. La bonne nouvelle est que celui-ci finira par tomber, et que, dans sa chute, il entraînera son propriétaire.

EST-CE BIEN RAISONNABLE ?

de nouer un pull sur ses épaules

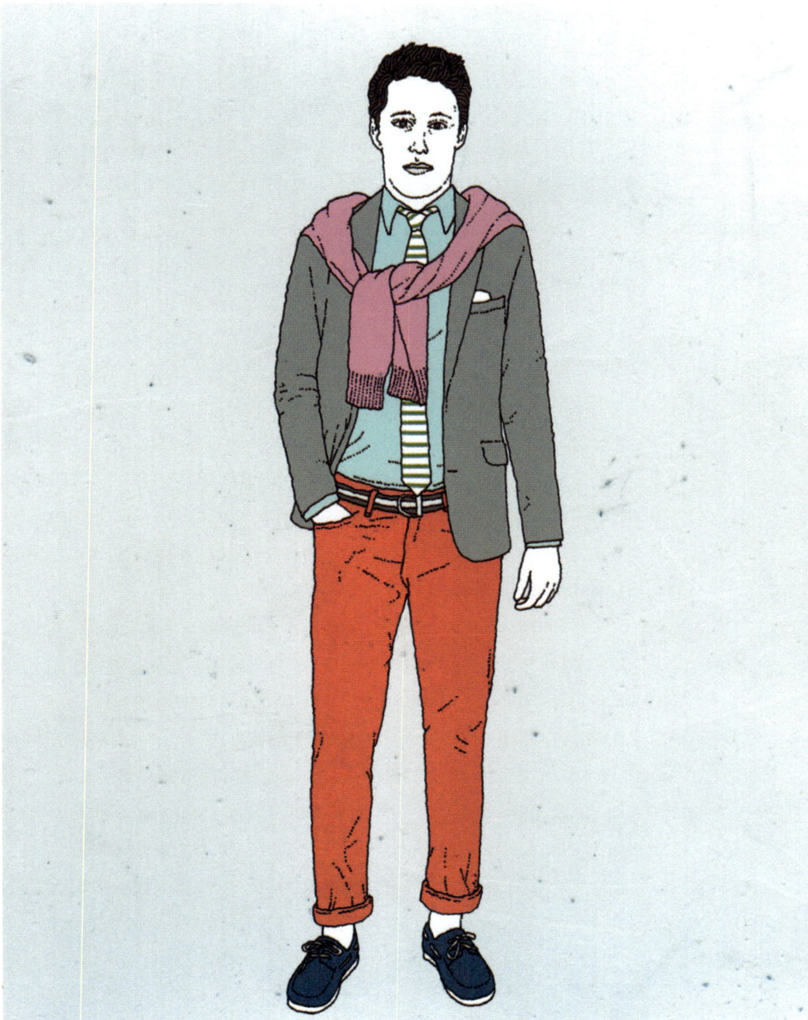

Si l'homme raffiné se distingue de l'homme ordinaire par sa capacité à faire un nœud papillon sans même devoir se plonger dans un ouvrage de savoir-vivre, l'homme embourgeoisé est pourvu d'une aptitude au nœud qui le place à un niveau encore supérieur. Il s'avère, en effet, capable de nouer un pull sur ses épaules, de façon à ce qu'il ressemble à s'y méprendre à la cape de Superman, et lui permette ainsi de s'envoler bras tendus directement vers Deauville.

Car, à défaut d'être scrupuleusement inspiré d'une technique de nœuds usitée par les marins en haute mer, ce coup stylistique répond à un besoin spécifiquement lié à l'univers balnéaire. En effet, à Deauville, comme d'ailleurs au Touquet ou à La Baule, il peut advenir que la température chute brutalement en fin de journée. Alors, pour ne pas prendre froid sur le chemin reliant le centre de thalassothérapie au bar du *Normandy Barrière*, il s'avère parfaitement utile de disposer, au-dessus de son polo Lacoste, d'une petite laine.

Considéré comme le gimmick le plus à droite sur l'échiquier stylistique, le pull jeté sur les épaules apparaît pour la première fois au début des années 1960 dans les catalogues de vente par correspondance de la marque américaine Sears, particulièrement populaire dans la communauté WASP. Au même titre que le col de polo relevé, il devient ainsi, rapidement, le signe d'appartenance à une forme d'élite, et finit par traverser l'Atlantique. En France, c'est au milieu des années 1980 que la tendance émerge dans les cercles BCBG, jusqu'alors entièrement voués à l'art de coordonner chaussettes Burlington et mocassins Weston.

Aujourd'hui, si de nombreuses pièces et accessoires de la garde-robe bourge, comme les vêtements Barbour ou les chaussures bateau, font l'objet d'une récupération dans les milieux branchés, le pull sur les épaules reste très marqué par cette identité et s'avère sujet à un véritable rejet social. Au vrai, l'adepte de ce style court toujours le risque d'être violemment strangulé par un partisan du Front de gauche, d'un geste sec et simultané sur les deux manches de son pull…

Concrètement, il est donc nécessaire de trouver autre chose pour s'accommoder des variations climatiques sur le front de mer de Deauville. Il est notamment possible de s'inspirer d'une tendance d'origine italienne consistant, l'été, à poser simplement une veste ou un gilet sur ses épaules, et à les porter ainsi, sans même en nouer les manches. Périlleuse, cette option vous dispensera, au moins, d'attacher votre pull à la taille. Ce qui, concrètement, vous aurait procuré la désagréable impression d'avoir très chaud aux fesses…

EST-CE BIEN RAISONNABLE ?

de sortir le grand jeu le soir du réveillon

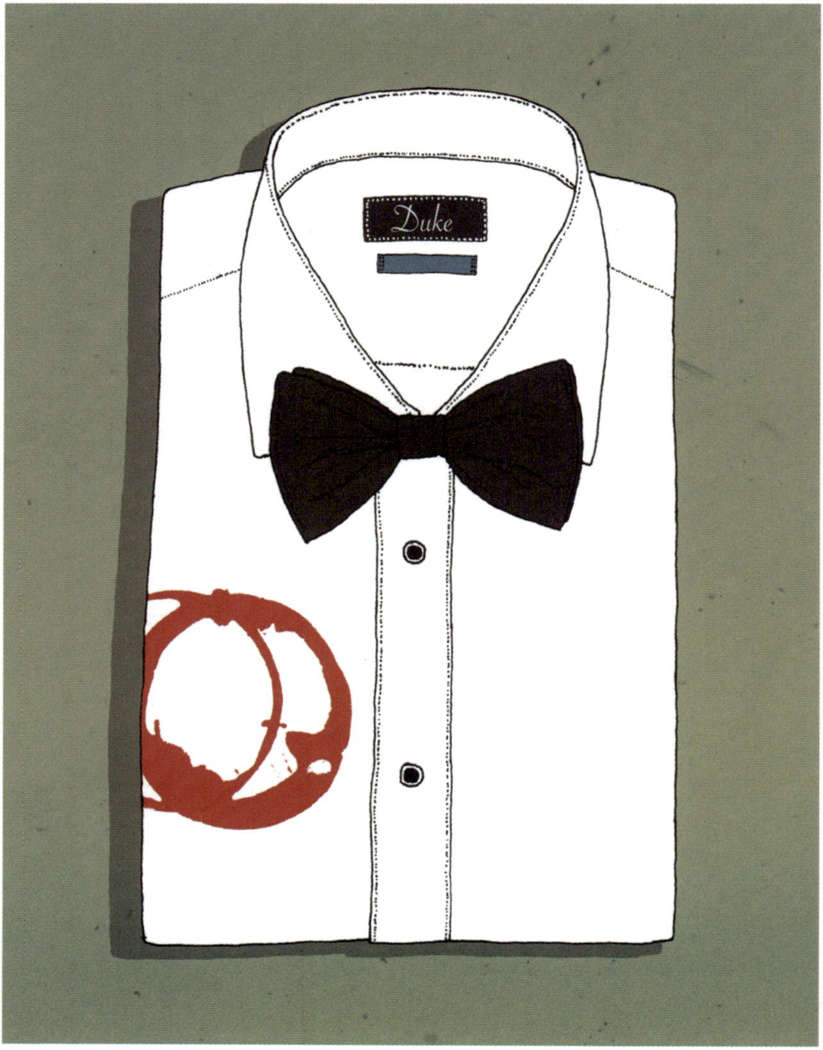

À Hollywood, un soir de cérémonie officielle, le vieux John Wayne se retrouva assis à côté du jeune Michael Caine, et entreprit de partager avec lui son expérience des choses de la vie. Après lui avoir prodigué quelques conseils d'ordre professionnel, il fit à Caine une recommandation stylistique de la plus haute importance.

« Ce jour-là, racontera bien plus tard l'Anglais, John m'a soufflé de ne jamais porter de chaussures en daim lors d'une soirée festive parce que, disait-il, un mec bourré finirait irrémédiablement par les ruiner en pissant dessus dans les toilettes. » Il va sans dire que l'intéressé ne contrevint jamais à ce précepte. Ce qui lui permit, en même temps qu'il accomplissait une carrière exemplaire, de figurer régulièrement dans les listes des acteurs les mieux vêtus de la planète.

Car, au-delà de la délicate question de la porosité du daim, la recommandation du Duke sous-tend un principe universel en matière d'habillement. Elle établit ainsi que l'élégance, la vraie, ne se résume pas à accumuler dans une même silhouette les pièces les plus habillées de son dressing, mais consiste davantage à bâtir une tenue adaptée à la saison, à l'occasion, à l'environnement, autant qu'au profil éthylique et prostatique de ses voisins de table.

À l'heure de mettre au point une tenue pour le réveillon du Nouvel An, cette notion-là est particulièrement pertinente. À moins que vous ne soyez convié à un événement frappé d'un *dress-code* strict, il vous faudra en effet résoudre une énigme ardue. Vous devrez être élégant, mais en même temps paré à tous les dérapages qui ne manqueront pas de ponctuer votre soirée, pour autant qu'elle soit un peu débridée. Face aux inévitables verres renversés, chutes sur la piste de danse et autres tête-à-queue gastriques, mieux vaudra ainsi ne pas arborer un smoking en crêpe, un pantalon en flanelle ou même un pull en cachemire blanc cassé.

Ce soir-là, privilégiez des matières sombres, résistantes et lavables en machine. Essayez aussi, autant que possible, de ne pas traîner à côté des buveurs de vin rouge, et préférez la compagnie des amateurs de champagne, celui-ci ayant le mérite de ne pas tacher. Et si, malgré tout, vous souhaitez briller un peu plus fort que d'habitude, alors concentrez-vous sur les couches inférieures, comme cela se pratique déjà en de nombreux endroits.

Ainsi, en Italie et en Espagne, la tradition veut que ces demoiselles arborent pour la nuit de la Saint-Sylvestre une culotte rouge toute neuve, censée susciter l'amour. Au Venezuela, ce sont les sous-vêtements jaunes qui garantissent, ce soir-là, une année de bonheur. Les Philippins sont légèrement plus subtils : le soir du réveillon, ils arborent traditionnellement des pièces ornées de motifs circulaires, notamment de pois, persuadés que ceux-ci déclencheront le début d'un nouveau cycle de prospérité.

EST-CE BIEN RAISONNABLE ?

de s'habiller tout le temps pareil

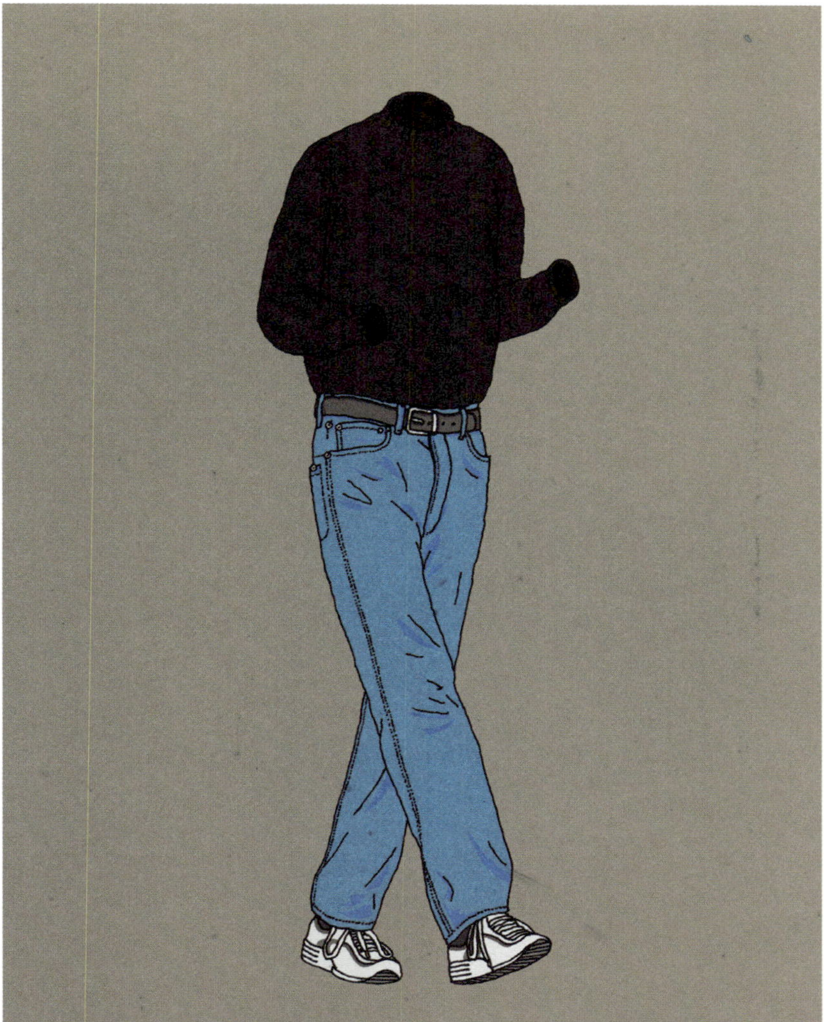

Même s'il faut parfois du nez pour les distinguer, il y a bien deux catégories d'individus s'habillant chaque jour de la même façon. Les premiers, reconduisant littéralement les mêmes pièces, sans lavage, d'un jour sur l'autre, cherchent sans doute à se prémunir de tout contact humain et ont de grandes chances d'y parvenir. Les seconds, construisant inlassablement leur silhouette autour des mêmes pièces achetées en série, sont un peu plus fréquentables mais, en matière d'élégance pure, ne volent pas beaucoup plus haut.

Selon le biographe de Steve Jobs, le patron d'Apple avait adopté l'idée d'un uniforme après avoir tenté, au début des années 1980, d'en imposer un à ses employés, comme le faisait alors Sony. Au fil des ans, il accumula ainsi plus d'une centaine de polos noirs à manches longues et col cheminée de la marque St. Croix, ainsi que des dizaines de paires de 501 Stonewashed et de New Balance grises, modèle 991.

Sur un principe similaire, l'écrivain Tom Wolfe est aujourd'hui à la tête d'une impressionnante collection de plusieurs dizaines de costumes blancs, qu'il arbore chaque jour, tout au long de l'année. En France, si des penseurs comme Eddie Barclay, Michou ou Bernard-Henri Lévy ont forgé leur image autour d'une charte graphique particulièrement précise, c'est encore Thierry Ardisson, vêtu exclusivement de noir depuis une vingtaine d'années, qui s'avère le plus rigoureux et le plus constant en la matière.

À chaque fois, chez ces tenants de l'uniforme civil, il y a la volonté de faire passer un message. Ils ne s'habillent pas, ils communiquent. Pour Ardisson, le noir est ainsi le moyen, outre de cacher un imposant arrière-train, de marteler qu'il n'est pas un animateur télé ordinaire, de même qu'il n'était pas un publicitaire ordinaire lorsqu'il arborait, au début des années 1980, un polo Lacoste de couleur différente chaque jour de la semaine… Pour l'Américain Tom Wolfe, enfiler un éclatant costume blanc en plein hiver s'avère également une forme d'insoumission dans un pays où porter du *seersucker* est prohibé en dehors de la période courant du Memorial Day, fin mai, au Labor Day, début septembre.

Si la méthode est efficace – car elle fait parler –, elle relève cependant de l'anti-élégance absolue, même dans le cas de Tom Wolfe. Habillé chaque jour comme si c'était un jour de noces, l'auteur américain porte très beau et s'avère particulièrement raffiné, mais sa faute est la même que celle d'Ardisson, habillé chaque jour pour un deuil, ou de Jobs, accoutré comme pour déboucher l'évier de la cuisine. Comme eux, Wolfe ignore que l'élégance est l'art de faire évoluer une même silhouette en fonction des occasions, du climat, des lieux, des *dress codes*, des heures de la journée et du temps qui passe.

EST-CE BIEN RAISONNABLE ?

de mettre un stylo dans sa poche

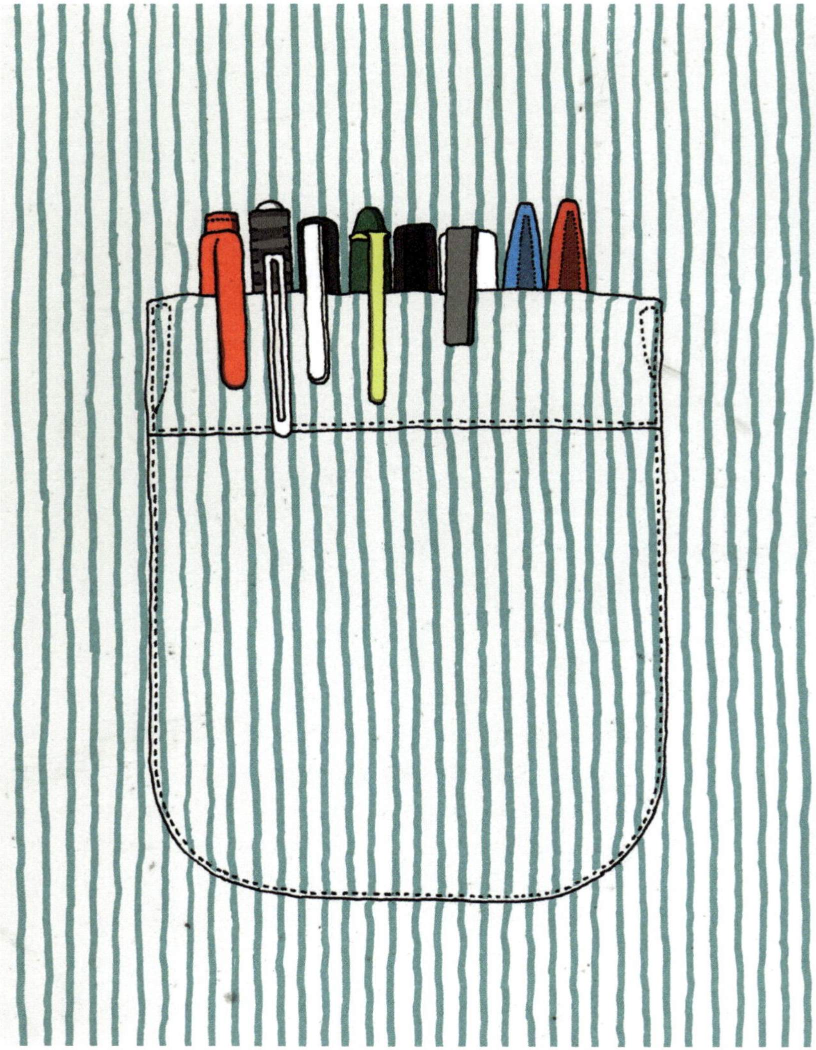

Contrairement aux apparences, le métier de gérant de pressing n'est pas de tout repos et comporte même de sacrés risques. Ainsi, outre l'éventualité d'avoir sur les bras un costume en lin pistache que son propriétaire aura eu la lucidité de ne pas venir chercher, le gérant de pressing risque, à chaque instant, de se voir confier un pantalon, une veste ou une chemise dans laquelle est resté coincé un stylo-plume. Si celui-ci passe entre les mailles du filet et atterrit en machine, ce sera, pour lui, la fin assurée. Car chacun des vêtements dans le tambour sera souillé d'encre et il lui faudra dédommager un par un ses clients.

Si nul ne peut décemment avoir envie d'assumer cette responsabilité, la pratique consistant à trimballer son stylo dans une poche continue de prospérer. Pour des raisons évidentes, et étroitement liées à la spécificité physique masculine, les hommes optent rarement pour une poche de pantalon, recourant bien plus souvent à une poche de veste. Sur le même principe que la poche lunettes ou que la fameuse poche ticket, typique des costumes anglais, une poche intérieure est même spécifiquement réservée au stylo sur certains modèles haut de gamme.

C'est donc surtout la poche de chemise qui pose problème, et expose celui qui y place son stylo à tous les dangers. Ainsi, les pompiers constatent, de façon tout à fait sérieuse, qu'un stylo placé dans une poche de chemise finit souvent enfoncé dans la trachée du conducteur, lors d'un accident de voiture, notamment sous la pression de la ceinture de sécurité. Dans un autre registre, non moins sérieux, une tache fatale est très vite arrivée dans cette configuration (pour enlever de l'encre sur du coton, tamponnez avec du lait et du peroxyde, et priez très fort).

Mais en plaçant son stylo dans sa poche poitrine, c'est d'abord sa crédibilité stylistique que l'homme met en danger. Car cette pratique-là suscite des rapprochements fort malvenus. En effet, si le stylo derrière l'oreille est une technique très marquée par l'univers de la boucherie, le stylo dans la poche de chemise évoque deux mondes peu réputés pour leur élégance : la poste et la restauration. Car, à tout moment, le facteur et le serveur doivent pouvoir griffonner un bout de papier. L'un pour remplir le bordereau d'un recommandé, l'autre pour se souvenir du nombre de pizzas calzone et de Coca zéro à servir.

Ainsi, pour éviter les problèmes de style, de santé ou de tache, il conviendrait donc de ne jamais rien mettre dans sa poche de chemise. Le plus malin est même de se munir de chemises sans poche. Car, au vrai, en matière de chemises, surtout à la ville, l'épure est l'objectif numéro un. Poches, épaulettes, logos ou monogramme sont donc toujours de trop.

EST-CE BIEN RAISONNABLE ?

de porter un jean blanc

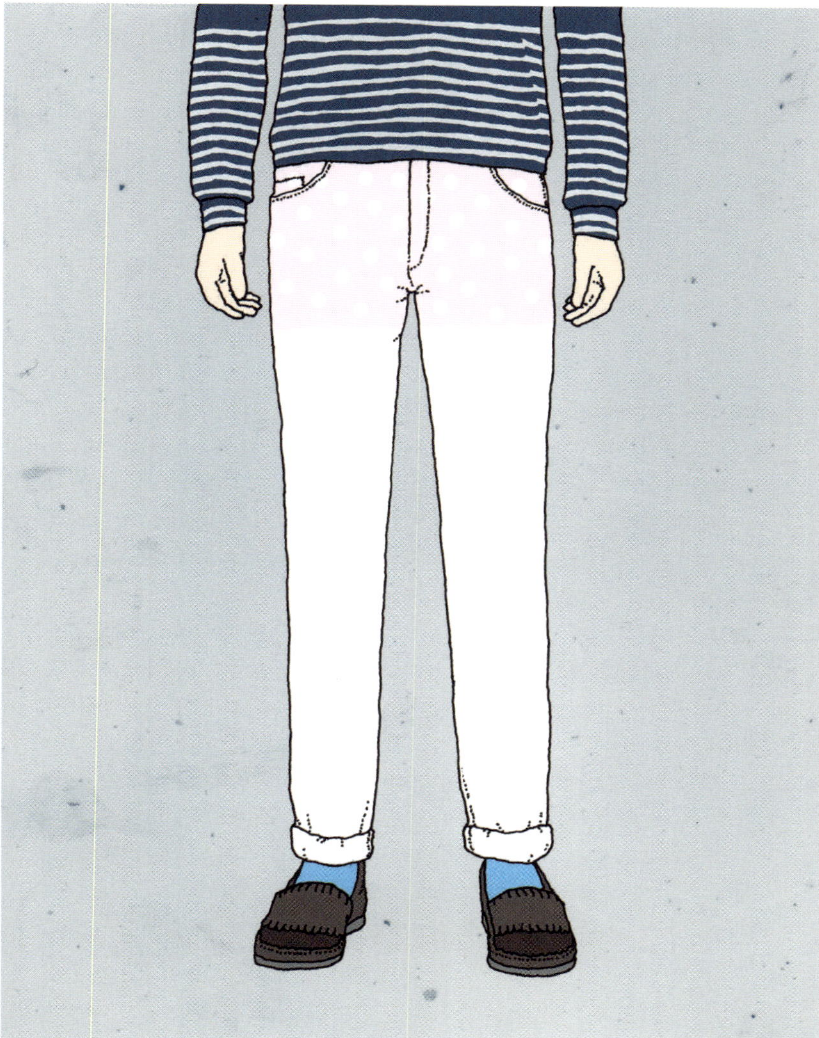

Dans la garde-robe masculine moderne, les vêtements blancs occupent une place à part, car ils recouvrent une large palette de fonctions symboliques. Ainsi, si la chaussette blanche incarne, chez nous, le mauvais goût de façon aussi efficace que les décorations de table dans *Un dîner presque parfait*, le tee-shirt blanc renvoie, dans le milieu du hip-hop américain, à une idée d'aisance financière. Immaculé et lumineux, il sous-entend, en effet, que celui qui l'arbore sort du magasin, et n'a pas rechigné à la dépense.

Le jean blanc n'est pas moins signifiant. Rare et extrêmement voyant, il dénote, à première vue, une certaine audace stylistique et laisse ainsi penser que son propriétaire est animé d'une profonde confiance en lui. Car, vêtu d'un jean blanc, celui-ci s'expose en effet à quelques dangers. Le plus évident est de se tacher lors de la dégustation d'un carpaccio aux concombres. Mais le plus grave reste d'apparaître doté de cuisses et d'un postérieur bien plus imposants qu'ils ne le sont en réalité.

Car le sujet est bien là. En attirant l'œil sur une zone du corps communément cerné d'une couleur sombre, le jean blanc a un effet grossissant extrêmement développé. Celui-ci est d'ailleurs renforcé par l'incongruité même de la pièce. En effet, si son aspect et sa couleur sont extrêmement estivaux, le jean blanc est fait d'une matière lourde donc hivernale. Ainsi, entre le 1er juin et le 30 août, il aura toutes les chances du monde de venir coller aux cuisses de son propriétaire, exactement comme le ferait, à cette même saison, une chaise de jardin déhoussée…

Presque aussi incongru qu'un passe-montagne en viscose, ou qu'une paire de tongs fourrées de laine, le jean blanc n'a donc pas de véritable utilité. Il affiche même un autre défaut, tout à fait concret. Par transparence, il laisse en effet apparaître assez d'indices pour déterminer si son propriétaire arbore un slip, un boxer ou un caleçon, et même si celui-ci est sombre, clair ou imprimé de cœurs.

Ainsi, si le magnifique David Hemmings assumait plutôt convenablement le sien dans le film *Blow Up* de Michelangelo Antonioni, le jean blanc s'avère, dans l'immense majorité des cas, fort dispensable. Au vrai, on ne voit aucune raison pour le préférer à un chino de couleur beige, moins voyant, moins grossissant, moins salissant, moins épais et donc moins collant. Pour ceux qui refuseraient toutefois de se faire une raison, notre conseil est de se rabattre sur le gin blanc. L'alcoolier London Hill en propose un excellent, qui fait un peu tourner la tête mais ne fait pas gonfler le postérieur.

EST-CE BIEN RAISONNABLE ?

d'enlever ses chaussures au travail

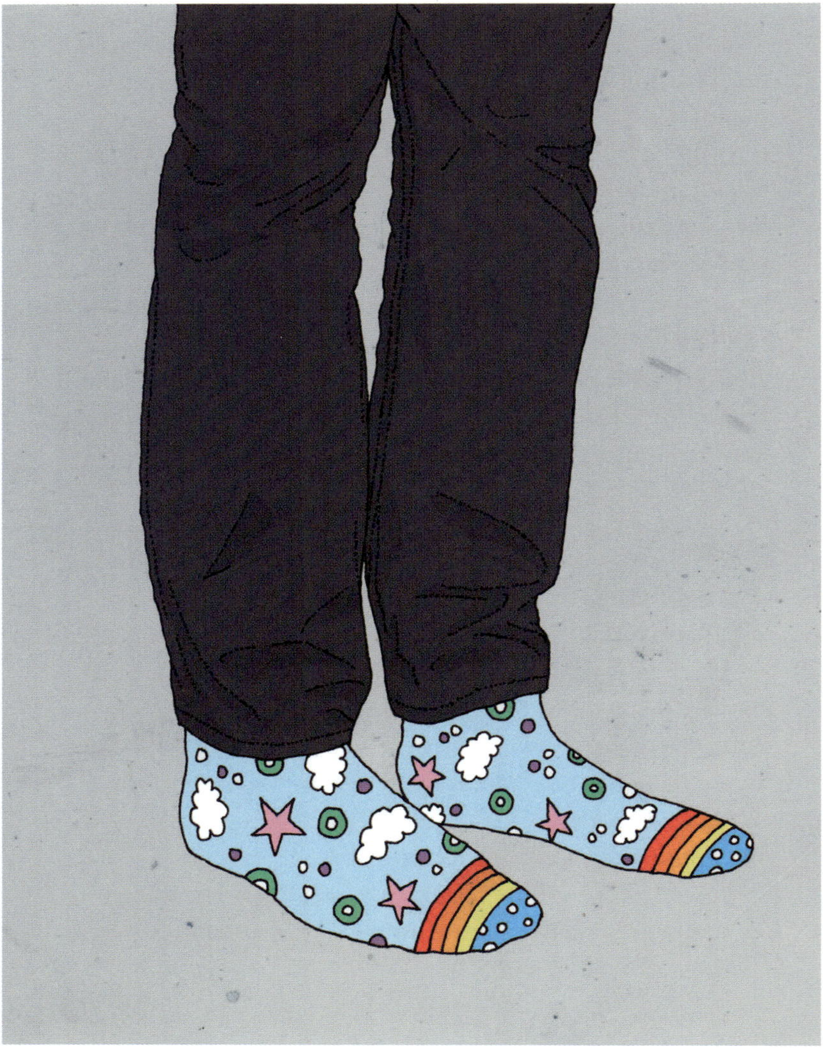

Si la manière la plus courante de se mettre à l'aise dans un cadre professionnel a longtemps consisté à poser ses pieds sur le bureau et à rester ainsi les jambes tendues, il semblerait que la donne ait changé. À en croire de nombreux témoignages, confirmés par une rigoureuse observation de terrain, la nouvelle pratique en vogue consisterait en effet à ôter ses chaussures et à passer du temps ainsi en chaussettes sur son lieu de travail.

Dans un contexte de crise généralisée, cette évolution s'entend aisément. En effet, alors que la pratique consistant à poser ses pieds sur le bureau, approximativement à hauteur du visage de ses collègues, pouvait susciter un certain malaise et apparaître comme le signe d'une véritable arrogance, ce nouveau gimmick s'avère relativement discret, et peut même passer, un temps, complètement inaperçu. De fait, dans l'immense majorité des cas, ses adeptes n'oseront jamais se mouvoir déchaussé dans l'*open space*.

La raison d'être de cette pratique répond à une équation simple. Plus on souffre, plus on se déchausse. Ainsi, de fait, la notion de confort est devenue secondaire en matière de chaussures, de nombreux consommateurs arborant, de nos jours, par souci d'économie ou d'apparence, des souliers pointus fabriqués en Chine à partir de cuir synthétique et achetés sur un site internet sans le moindre essai préalable.

Si l'on peut admettre que, pour ceux-là, le fait de retirer ses chaussures agisse comme un acte libérateur, la pratique n'en demeure pas moins hautement risquée. Ainsi, dès lors que l'info aura fuiter dans l'*open space*, l'adepte du nu-pieds deviendra un sujet de conversation à part entière, et le choix même de ses chaussettes sera décortiqué puis raillé. Il n'est pas complètement exclu, non plus, que des collègues mal intentionnés viennent un jour, discrètement, lui subtiliser ses chaussures et les dissimulent dans les toilettes, à l'instant même où celui-ci devait rejoindre le bureau de son chef pour évoquer avec lui des questions d'ordre salarial.

Mais le cœur du problème reste évidemment d'ordre olfactif. Car l'adepte du nu-pieds, même s'il prend grand soin de son hygiène corporelle et se montre irréprochable en termes de transpiration, se verra systématiquement imputer toutes les odeurs circulant dans l'*open space*. À l'heure du repas, il a donc tout intérêt à prier pour que personne ne ramène de l'extérieur un panini au roquefort ou ne fasse chauffer dans le micro-ondes de la salle commune un gratin de thon surgelé de chez Picard, car les odeurs respectives de ces deux mets lui vaudraient assurément une durable mise au ban de la société.

EST-CE BIEN RAISONNABLE ?

de porter un bijou autour du cou

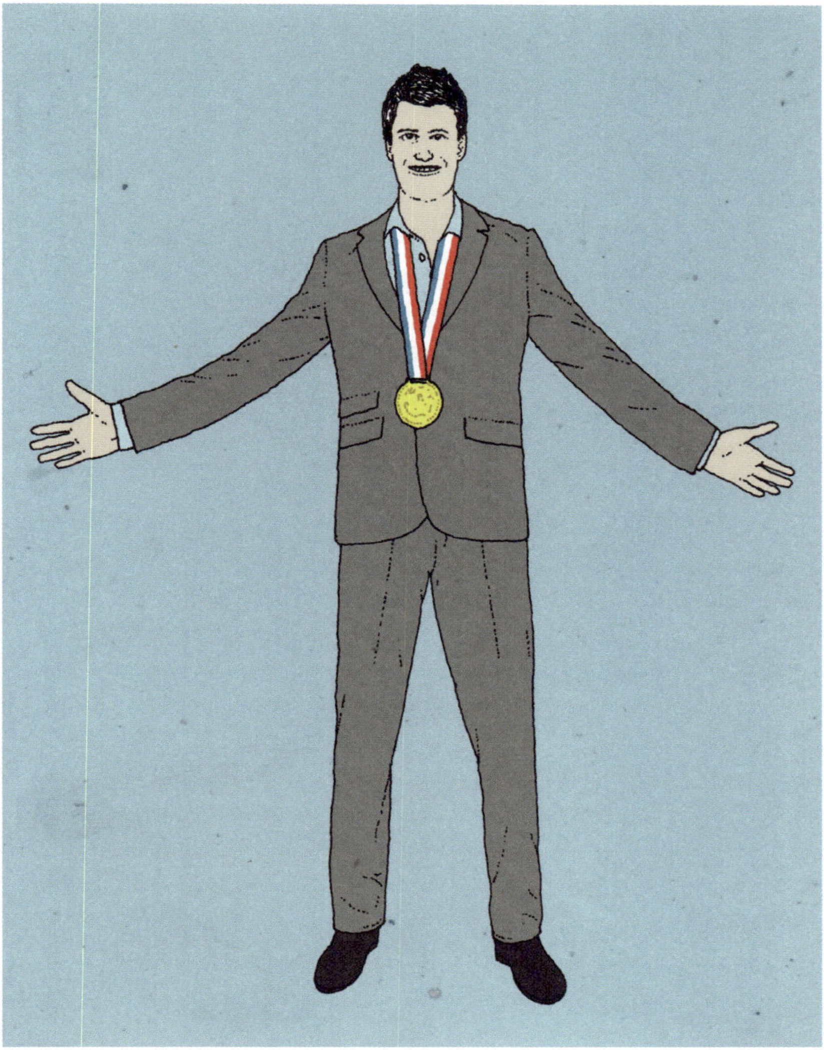

Si le colossal Mister T, reconnaissable à sa crête et à l'amas de chaînes d'or qu'il transportait en permanence autour de son cou, a marqué une génération de téléspectateurs fans de « L'Agence tous risques », il semble aussi avoir laissé une empreinte durable sur l'élégance masculine. Ainsi, alors que la crête fait l'objet depuis quelques années d'un véritable engouement (le footballeur italien Mario Balotelli en arborait d'ailleurs une magnifique pendant l'Euro), il y a toujours des hommes pour s'accessoiriser le cou de breloques diverses.

Concrètement, il n'est pas rare de voir poindre sous une chemise ou un polo entrouverts une chaîne, une chaînette ou bien encore un petit collier de surfeur en corde pourvu d'une mini-planche en bois. D'autres accessoirisations plus extrêmes sont, elles, liées à une pratique spécifique. Ainsi, lors de soirées SM, certains hommes ne rechignent pas à serrer autour de leur cou un collier de chien à clous. Dans un style sensiblement différent, mais tout aussi sportif, quelques jeunes hommes triés sur le volet se sont fait un plaisir, l'été dernier, lors des Jeux olympiques de Londres, d'enfiler une médaille en or, argent ou bronze.

Si ces breloques en tous genres peuvent remplir une fonction pratique (il est plus aisé pour une maîtresse dominatrice d'accrocher une laisse au collier de son esclave que de l'hameçonner directement dans sa paroi buccale, même si cela aussi est possible), elles recouvrent d'abord une fonction symbolique. Au-delà de leur valeur sentimentale, elles se caractérisent en effet par leur valeur marchande. Suggérant un certain confort financier, elles finissent même, en bout de chaîne, par garantir à leur propriétaire un traitement de faveur.

Concrètement, ces bijoux peuvent avoir un effet similaire aux « *pass all access* » que les VIP arborent autour de leur cou lors d'événements d'envergure. Ainsi, l'homme affublé d'une médaille olympique peut espérer qu'on lui ouvrira en grand les portes de ministères désireux de récupérer son succès. Selon un principe proche, l'homme à la chaîne en or qui brille peut compter que les portes des boîtes de nuit les plus tapageuses et les mieux fréquentées s'ouvriront devant lui. De même, il peut également envisager que les filles les plus pimpantes ne résisteront pas à lui ouvrir leurs bras en grand.

Malheureusement, ces aventures-là, basées sur de frivoles considérations, se termineront bien mal, et pourraient plonger ces messieurs dans un état de dépression les amenant à se demander si leur chaînette tiendrait le coup lors d'une tentative de pendaison. Au vrai, l'homme de raison ne devrait jamais porter d'autres bijoux qu'une montre et une alliance. Autour de son cou, il aurait également tout intérêt à ne jamais rien nouer d'autre qu'une cravate.

EST-CE BIEN RAISONNABLE ?

de cumuler lunettes de soleil et chapeau

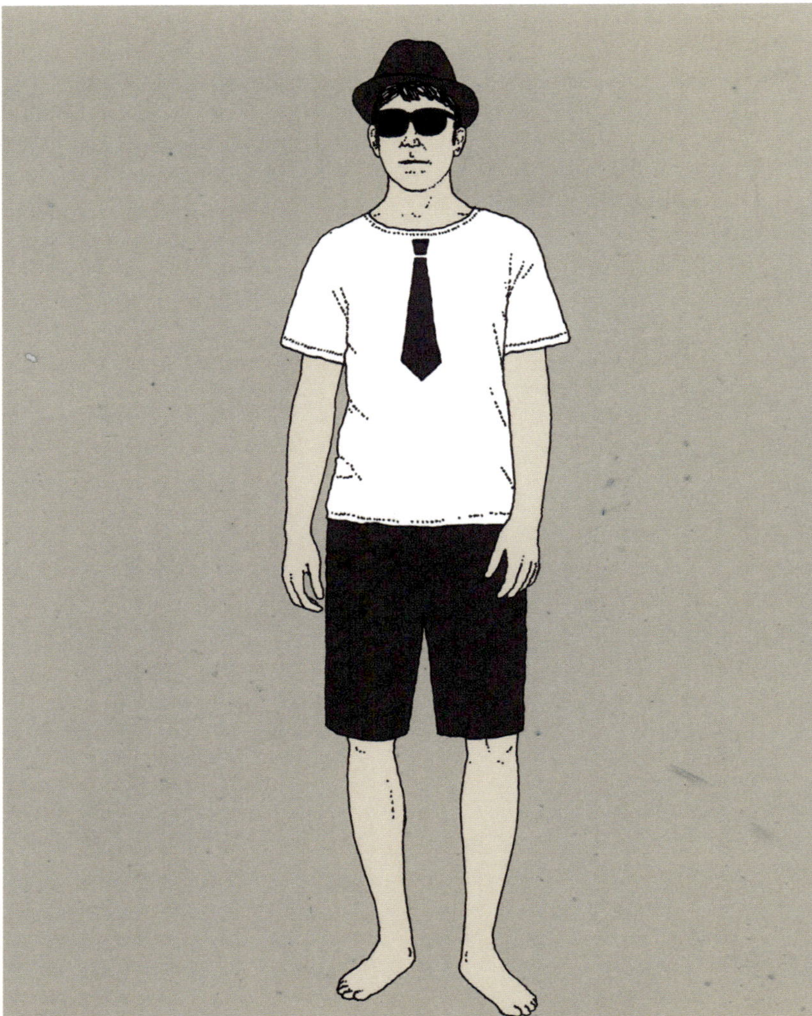

Le principe de précaution étant devenu, au fil des ans, un principe de vie à part entière, il n'est pas surprenant de constater que certains individus l'appliquent aussi à leurs usages vestimentaires, en arborant simultanément deux pièces aux fonctions similaires. Concrètement, si certains hommes bedonnants doublent le port d'une ceinture par celui de bretelles, ils sont encore plus nombreux à cumuler lunettes de soleil et chapeau, surtout en période estivale.

Bien mieux qu'un choix stylistique, ou qu'un hommage aux Blues Brothers, cette pratique trahit une vraie angoisse et un manque de sérénité face aux choses de l'avenir. Ainsi, de la même façon qu'un réalisateur de cinéma anticipe un éventuel pépin physique en « doublant » ses stars, les adeptes du « lunettes-chapeau », comme ceux du « bretelles-ceinture », semblent habités par la crainte d'un imprévu les amenant à devoir se passer, en urgence, de l'une des deux pièces qu'ils arborent.

Ainsi, alors que l'adepte du « bretelles-ceinture » redoute peut-être de devoir prendre un avion à l'improviste et ainsi d'être contraint de retirer sa ceinture au portique de sécurité, l'adepte du « lunettes-chapeau » craint certainement qu'un coup de vent ne vienne souffler son couvre-chef. Auquel cas, les lunettes de soleil joueront effectivement, pour son confort, un rôle salvateur.

À l'abri des pépins, l'adepte du « lunettes-chapeau » ne sera, en revanche, jamais à l'abri des critiques et reproches stylistiques. Au contraire, il s'y exposera même de façon radicale.

Car, le visage mangé par ces deux accessoires, il apparaîtra désireux de dissimuler quelque chose et laissera se propager, à son insu, les interrogations les plus folles. Ce type est-il un malfrat en fuite désireux de ne pas être reconnu par la police ? Ou, pire encore, ce type-là est-il un chauve au regard vitreux ?

Mais au-delà de ces considérations physiques, c'est d'abord l'impression émanant de ce cumul d'accessoires qui pose problème. L'homme au chapeau et aux lunettes de soleil ne pourra, en effet, jamais prétendre au statut d'homme cool. Au contraire, il apparaîtra toujours comme un homme inquiet, sur le chemin de l'ulcère et familier de longue date avec l'eczéma. Au vrai, il aurait tout intérêt à se détendre et vivre plus sereinement l'instant présent, en se souvenant qu'il en va dans son dressing-room comme à la cantine : c'est fromage ou dessert, pas les deux.

EST-CE BIEN RAISONNABLE ?

de rentrer son ventre à la plage

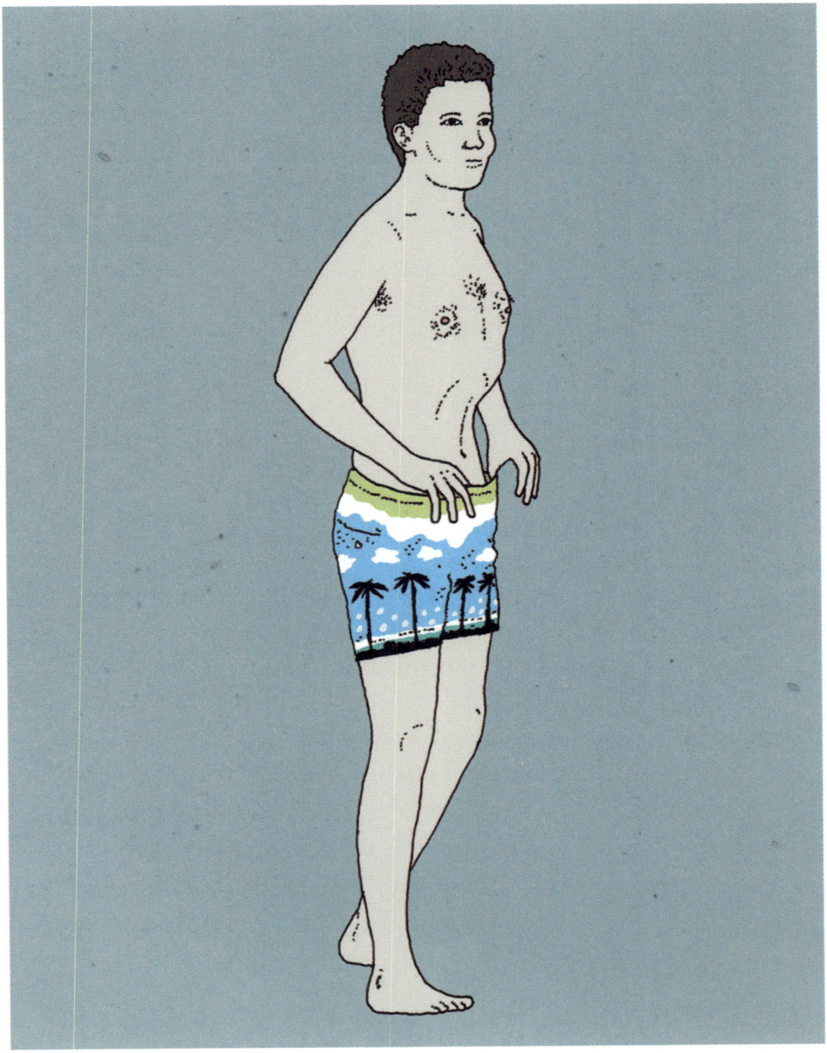

Si l'art de la séduction passe parfois pour l'art de la franchise ou de l'empathie, il relève plus souvent, au fond, de l'art de la dissimulation. Ainsi, de la même façon que certains hommes n'hésitent pas à rentrer dans un placard leurs posters d'Halle Berry ou leur collection de figurines Dragon Ball Z avant de faire monter une fille pour la première fois dans leur studio, d'autres ont pris l'habitude, sur la plage, de rentrer sérieusement leur ventre, dans l'espoir de plaire.

Ces hommes-là sont très facilement repérables sur le sable, leur silhouette se trouvant radicalement affectée par cette posture. En retenant leur souffle et en rentrant leur ventre, ceux-ci gonflent en effet leur thorax d'air et font ainsi ressortir leur torse, allant parfois jusqu'à faire émerger le dessin de leurs côtes. Ainsi, à défaut d'avoir le ventre plat, ils présentent un ventre creusé, négatif parfait du ventre d'une femme enceinte de six mois.

Mais, au-delà de ces déformations attendues, la posture, contraignante et fort peu naturelle, confère à ces malheureux un air coincé, très semblable à celui provoqué par une constipation. À l'usage, l'homme au ventre rentré se révèle même extrêmement peu mobile. Souvent, il préférera d'ailleurs décliner une partie de beach-volley ou de raquettes en bois plutôt que de courir le risque de se relâcher et donc de ne plus tenir son ventre.

Le paradoxe est là. Contraint à la contemplation par une forme d'engagement esthétique, l'homme au ventre rentré ne pourra prendre part à aucune des activités physiques qui auraient pu véritablement contribuer à sculpter son corps. Au vrai, il se verra également exclu des activités de drague pure. Car en rentrant son ventre et en retenant son souffle, il se réduit, par manque d'air, à un quasi-silence. Concrètement, il ne nous semble pas possible de lancer à une jeune femme : « Votre mère est une voleuse, elle a volé les plus belles étoiles du ciel pour en faire vos yeux », sans expirer au moins une fois, et donc sans relâcher son ventre.

Autocentré et obnubilé par son corps, l'homme au ventre rentré restera donc muré dans son isolement et ne pourra séduire. À l'inverse, l'homme à la bedaine assumée et fière suscitera un sentiment propice aux rapprochements. En harmonie avec son corps, même imparfait, il plaira donc beaucoup plus. Surtout s'il se paie le luxe de partager avec celle qu'il convoite un beignet au chocolat acheté sur la plage à un vendeur ambulant, sous le regard médusé de l'homme au ventre rentré.

EST-CE BIEN RAISONNABLE ?

de garder sa capuche à l'intérieur

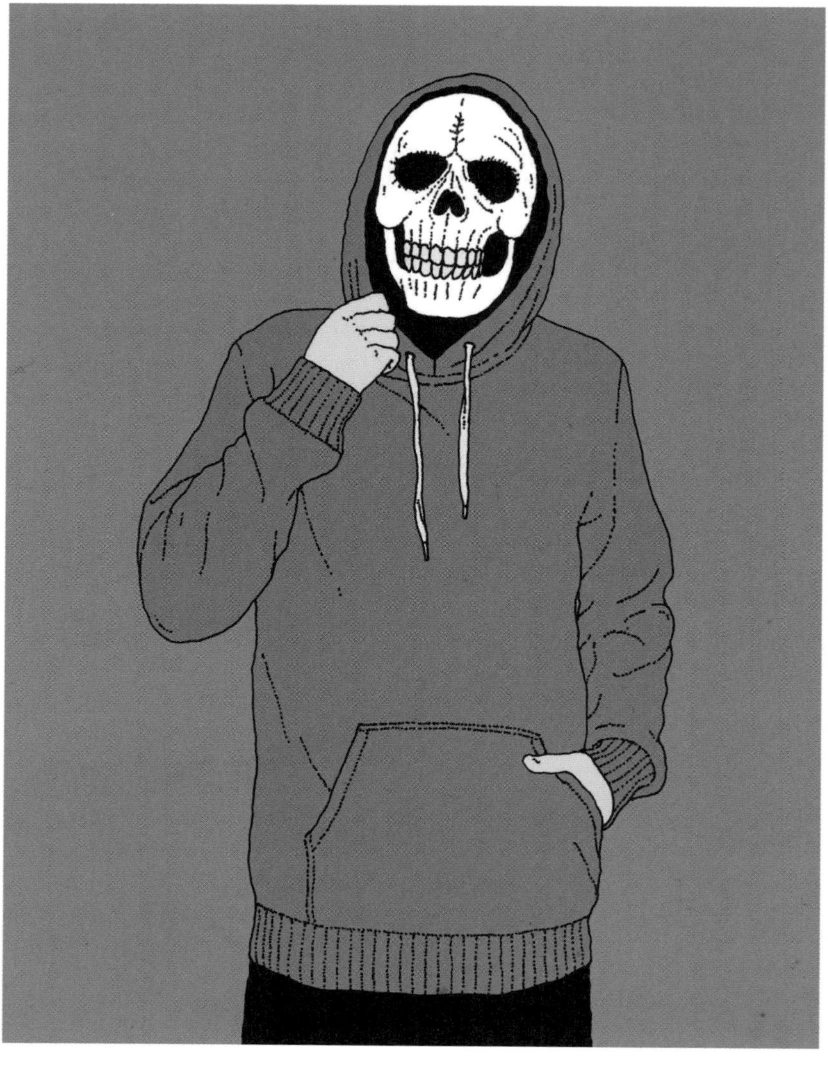

S'il paraît évident, comme le formula un jour l'humoriste américain Larry David, que « seuls les aveugles et les trous de balle » osent garder leurs lunettes de soleil à l'intérieur, le profil de la population conservant sa capuche dans les mêmes conditions semble plus singulier encore. Car ce gimmick stylistique est avant toute chose un message politique.

En effet, si l'homme arborant une paire de lunettes dans les couloirs du métro paraît simplement guidé par la volonté simple de se la raconter, l'homme assumant la capuche en intérieur, bien plus encore que celui conservant sa casquette, souhaite ostensiblement s'inscrire en marge de la société, et même en opposition à celle-ci. Au vrai, se plaçant sciemment à l'abri des regards, il envoie un signal menaçant, suggérant qu'il fomente un acte illégal, nécessitant que son anonymat soit conservé.

C'est tout le sujet. Car, si les dealers et autres voleurs d'autoradios new yorkais se mirent, dans les années 1970, à arborer frénétiquement des sweats à capuche, originellement inventés par la marque Champion pour les ouvriers en quête de chaleur, c'est uniquement pour leur fonction de dissimulation et d'anonymisation. Plus tard, dans les années 1980, les hooligans anglais trouvèrent d'ailleurs aux capuches la même utilité, faisant de celles-ci leur accessoire fétiche pour échapper aux caméras de surveillance et à l'identification des policiers.

Au fond, ce n'est donc que par mimétisme et excès de zèle que certains jeunes gens conservent aujourd'hui leur capuche à l'intérieur. Ainsi, pour les collégiens installés au fond de la salle et déjà collés au radiateur, porter la capuche n'est jamais une façon de se tenir au chaud ou au sec, mais bien une manière de passer inaperçus afin de ne pas être désignés pour aller résoudre, au tableau, une équation à deux inconnues. Le stratagème s'avère cependant faillible, le corps professoral ayant été spécifiquement formé, à l'IUFM, pour identifier un visage renfrogné derrière une capuche.

Ainsi, s'inscrivant dans une grande lignée de figures effrayantes de l'Histoire, allant de la Grande Faucheuse à Nicolas Anelka en passant par tous les moines cisterciens, l'homme conservant sa capuche à l'intérieur se condamne de lui-même à l'isolement, et peut-être même à l'exclusion. En Angleterre, de façon tout à fait concrète, de nombreux pubs ou centres commerciaux refusent même l'accès aux jeunes gens souhaitant conserver leur capuche à l'intérieur, sous prétexte que ceux-ci effraient la clientèle venue consommer.

TROP RINGARD

EST-CE BIEN RAISONNABLE ?

de porter un pull à col roulé

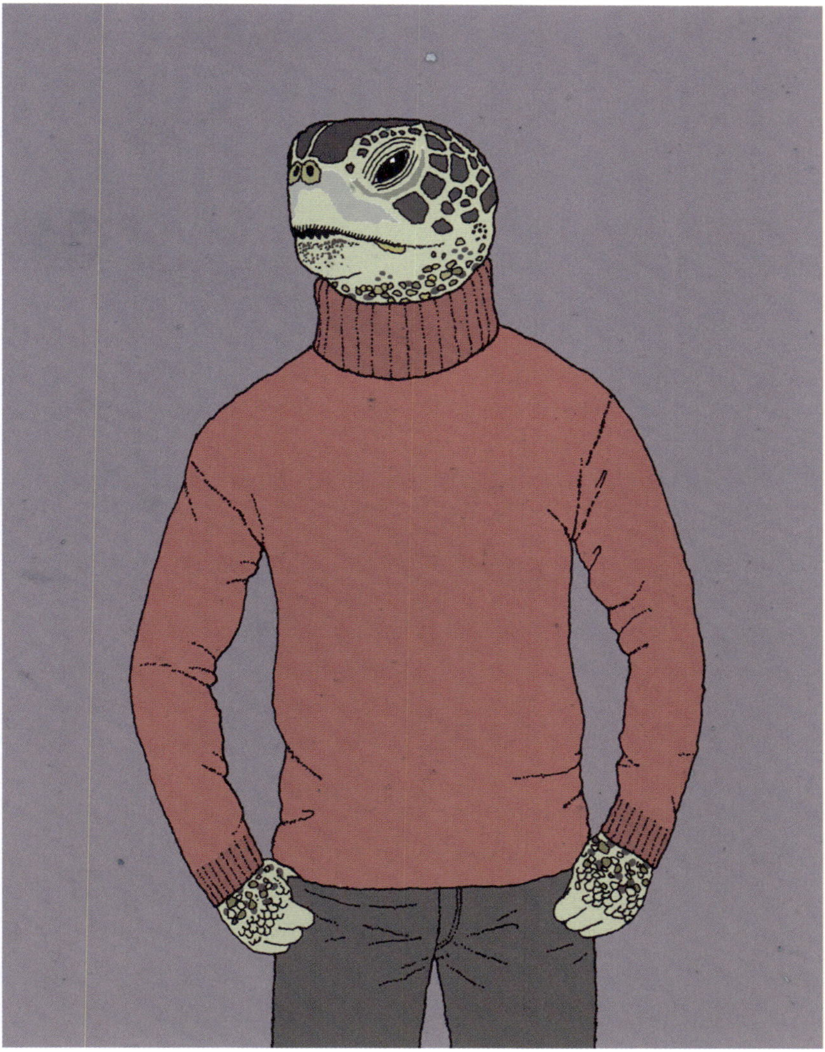

S'il leur arrive de l'appeler « *roll neck* » ou « *polo neck* », les Anglo-Saxons ne sont jamais aussi précis et pertinents que lorsqu'ils désignent un col roulé par le terme de « *turtle neck* ». Car, l'air de rien, la tête d'un homme ou d'une femme sortie d'un col roulé ressemble sensiblement à celle d'une tortue jaillie de sa carapace. Notamment parce que ni l'une ni l'autre ne présente véritablement de cou.

À ce titre, le col roulé n'est pas un vêtement anodin. En faisant disparaître la pomme d'Adam, l'os lingual, voire le plancher buccal, il isole le visage de son environnement et en modifie mécaniquement l'apparence. Sans aller jusqu'à provoquer le même effet que l'empilement des colliers en cuivre sur le cou des femmes girafes de Birmanie, le col roulé tend à « percher » un visage. Il tend aussi à le rendre plus rond et plus raide.

Si ce n'est pas un problème sur certains visages, c'est une catastrophe sur d'autres. Ainsi, la cohabitation sur un espace réduit d'un col roulé, d'une barbe épaisse et d'une chevelure dense peut aboutir à un effet stylistique proche de celui d'un passe-montagne. Fermez les yeux et prenez deux secondes pour visualiser la chose.

À bien des égards, le col roulé s'avère donc plus compliqué à porter que le col rond, le col en V, le col polo, le col châle, le col camionneur et même que, son petit frère, le col cheminée, aussi haut mais non replié. Plus encore que celui-ci, le col roulé demande une connaissance précise des conditions météorologiques car, pour quelques degrés de trop, il peut devenir une étuve et plonger son propriétaire dans un abîme de perplexité. L'enlever ou pas ? Mourir de chaud ou mourir de honte ? Personne n'ayant jamais réussi à ôter un pull à col roulé sans en ressortir aussi mal coiffé que Jean-Louis Borloo…

À l'origine, à la fin du XIXe siècle, c'est bien pour ses vertus isolantes que le col roulé était prôné. Inscrit dans un vestiaire d'action plus que de représentation, il répondait parfaitement aux besoins liés à l'émergence de la pratique sportive chez les plus aisés, leur permettant de ne pas s'enrhumer à cheval, à vélo ou sur les greens. Bientôt adopté par les marins, les skieurs et les gardiens de but des équipes professionnelles de foot, le col roulé a fini par entrer dans le vestiaire usuel, au cours des années 1960, sous la forme de pull-overs ou de sous-pulls en Lycra, pour lesquels nous attendons toujours un procès…

Si une certaine romance est curieusement attachée à la figure du penseur ou de l'acteur Nouvelle Vague baguenaudant rive gauche, vêtu d'un col roulé noir et d'un jean blanc, il n'existe pas de façon vraiment convaincante d'aborder cette pièce à la ville. En pull, sous une veste d'homme, il fait terriblement coincé. Orné d'un sautoir en perles, sur une femme, il est pire encore. En sous-pull, n'en parlons pas. Au vrai, le col roulé peut se révéler utile pour cacher un suçon. Mais alors une minerve ferait aussi bien l'affaire.

EST-CE BIEN RAISONNABLE ?

de porter un tee-shirt sous sa chemise

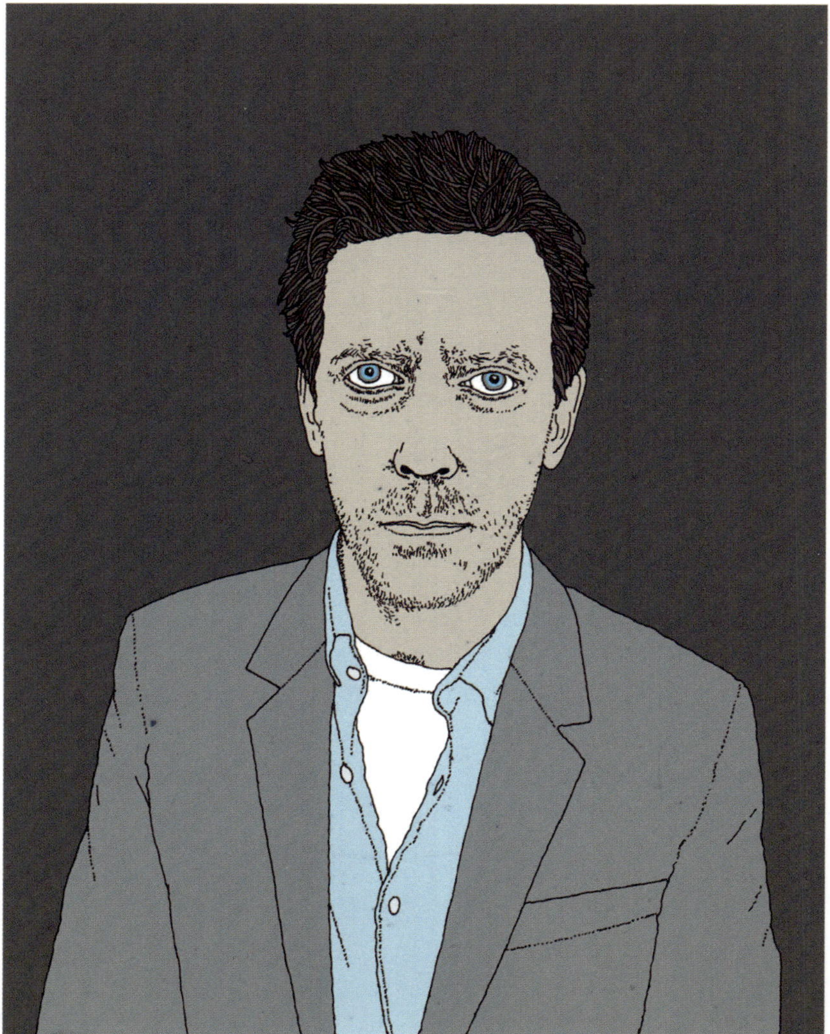

À l'heure du jugement final, il y a fort à parier que les types ayant parfois laissé dépasser leur caleçon de leur pantalon s'en sortiront mieux que ceux ayant laissé apparaître un tee-shirt sous le col de leur chemise. Car, si les premiers pourront plaider l'accident (essayez un peu de poser un parquet flottant, vêtu d'un jean taille basse, sans laisser entrevoir l'ombre d'un sous-vêtement), les seconds devront assumer.

L'homme exhibant un tee-shirt à col rond sous sa chemise sait forcément ce qu'il fait. Il est en contrôle et, bien souvent, il fait passer un message. Pour le décrypter, il suffit de lister quelques adeptes de cette pratique stylistique. En France, Daniel Cohn-Bendit et Nicolas Hulot en font partie. À l'international, le dénommé Gregory House, héros de la regrettable série « Dr House », s'avère également incontournable dans le genre, puisqu'il arbore systématiquement un tee-shirt marine ou blanc sous sa chemise bleu ciel.

À bien des égards, ces trois hommes-là se ressemblent. D'âge mur, revêches et iconoclastes à première vue, ils s'inscrivent dans les marges de leurs domaines respectifs. Si Hulot et Cohn-Bendit ne sont pas des hommes politiques comme les autres, on le sait, le docteur House n'est pas davantage un praticien ordinaire. Boiteux, névrosé, camé, il n'en a ni l'esprit ni l'aspect. C'est bien le sujet.

En arborant une chemise plus un tee-shirt, il se place, sciemment, à l'extrême opposé stylistique de ses confrères dénudés sous leur blouse. Sur le même principe, Hulot et

Cohn-Bendit s'inscrivent à l'inverse complet de leurs rivaux cravatés. Eux ont le col libre, tellement libre qu'il laisse entrevoir un tee-shirt identique à celui que le peuple enfile le dimanche après-midi pour nettoyer sa Safrane métallisée. À défaut d'être un bon message stylistique, c'est un sacré message politique.

À l'origine, pourtant, le port du tee-shirt sous la chemise ne s'inscrivait pas dans une démarche de com', mais répondait à une problématique purement pratique. Dans les régions les plus rigoureuses du Canada et des États-Unis, cette couche supplémentaire, extrêmement fréquente, permettait d'avoir un peu moins froid. Elle avait aussi pour vertu de rendre plus agréable le port des traditionnelles, et fort rugueuses, chemises en flanelle que ne quittent jamais bûcherons et autres travailleurs du dehors.

Sortis du bois et installés au fond de la classe politique, pas très loin du chauffage, Cohn-Bendit et Hulot n'ont donc pas de véritables raisons de laisser entrevoir un bout de tee-shirt sous leur chemise. Au pire, s'ils craignaient d'avoir un peu chaud et de laisser entrevoir de vilaines auréoles au niveau des aisselles, ils devraient adopter un tricot de corps à col en V. Il serait parfait, car il serait invisible. Ce qui, en matière de sous-vêtement, devrait toujours être l'objectif.

EST-CE BIEN RAISONNABLE ?

de porter des chaussettes noires

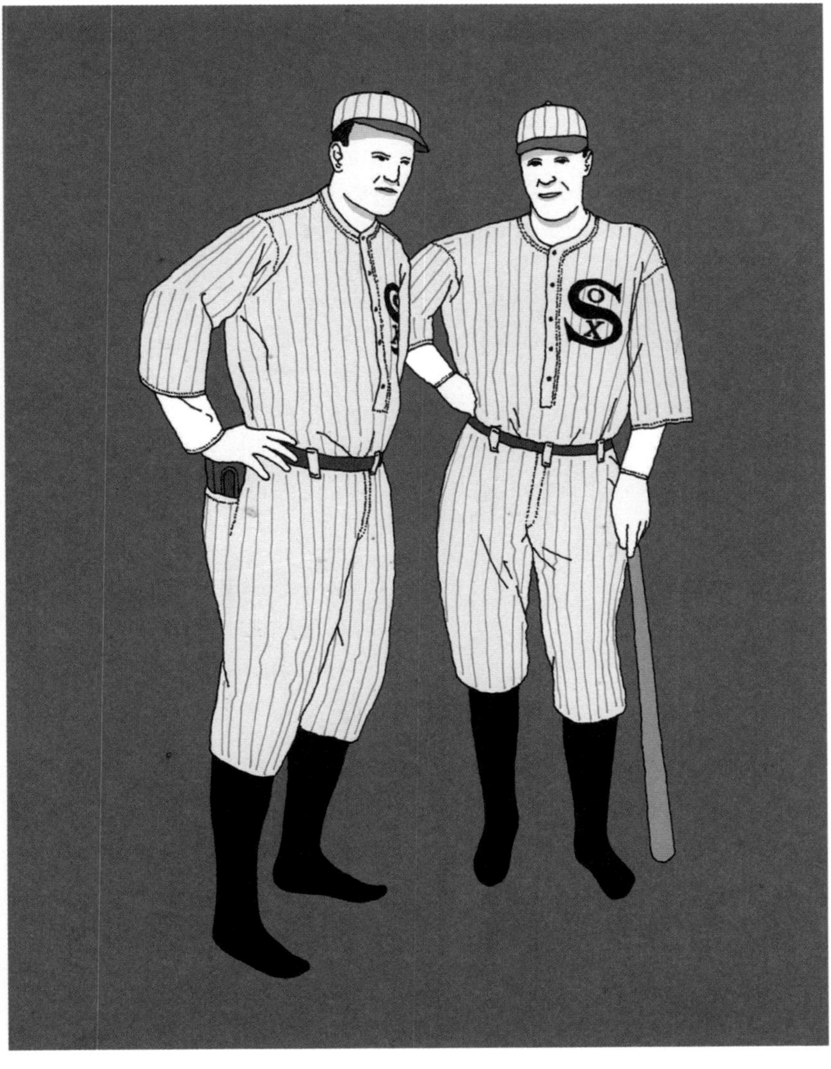

Considérée comme l'incarnation absolue du mauvais goût et pourchassée avec la même vigueur que précédemment la cravate à imprimé de type Mickey, la chaussette de tennis blanche a donc fini par céder. Devenue quasi invisible en zone urbaine, elle a laissé la place à la chaussette noire et certains ont cru voir dans ce mouvement-là un sursaut stylistique de l'époque.

Ce n'est pas aussi simple car, longtemps, la chaussette noire figura elle-même la chaussette par défaut. Au XIXe siècle, c'était la chaussette des employés, et quasiment jamais celle de leurs maîtres, amateurs de mailles colorées le jour et de soieries la nuit. À la rigueur, la chaussette noire pouvait être une option lors des cérémonies religieuses et des enterrements.

Les préjugés ne se dissipèrent pas et, en 1919, lorsque huit joueurs de l'équipe de basket-ball de Chicago furent accusés d'avoir trempé les orteils dans une affaire de corruption, ils se virent surnommer les « Black Sox », autant dire les chaussettes sales. Quarante ans plus tard, Eddie Barclay dut d'ailleurs se montrer particulièrement persuasif pour faire accepter aux « 5 Rocks » d'Eddy Mitchell d'être rebaptisés « Les Chaussettes noires », en raison du contrat de sponsoring qu'il avait signé pour eux avec la firme de chaussettes Stemm.

La propagation actuelle de la chaussette noire ne s'inscrit donc pas dans un mouvement de nostalgie, mais trahit la victoire du sens pratique sur le sens stylistique. Invisible, insalissable et interchangeable, la chaussette noire ne vaudra jamais de passer un quart d'heure à quatre pattes entre le lit et la table de chevet, puisqu'il y aura toujours une autre chaussette noire, ailleurs, pour faire la paire. De la même façon que le costume noir est devenu le costume dominant, alors que c'est un costume de cérémonie et de représentation, la chaussette noire est donc devenue la chaussette dominante pour de mauvaises raisons.

Il y a pourtant plein d'excellentes façons d'assumer la couleur entre le pantalon et la chaussure. Si le duc de Windsor aimait y arborer les motifs géométriques les plus criards, de nombreux élégants, d'Edward VII à Édouard Balladur, ont préféré récupérer, au fil des ans, les chaussettes rouges des cardinaux. Au faîte de sa gloire, Maurice Chevalier aimait, lui, enfiler des chaussettes jaunes avec son costume pied-de-poule alors que monsieur Hulot passait ses vacances en chaussettes rayées marine et blanc.

À défaut d'aller aussi loin, et tout en respectant le principe selon lequel la couleur de la chaussette doit faire référence à un élément du haut de la tenue sans jurer avec le pantalon, il reste donc bien mieux à faire que le noir. Prenez une paire de chaussettes marine, bordeaux, grise ou violette et vous comprendrez, en l'enfilant, que le noir, en matière d'élégance masculine, est le niveau zéro de la pensée.

EST-CE BIEN RAISONNABLE ?

de s'habiller entièrement en jean

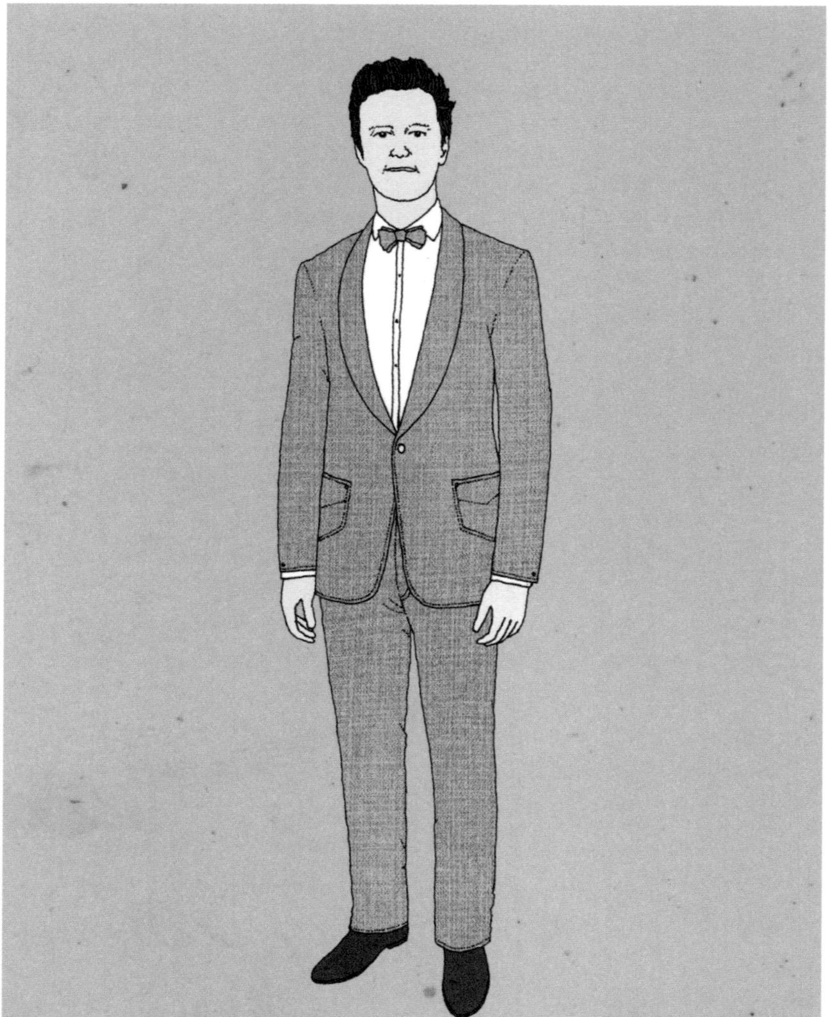

Afin d'exprimer pleinement le mépris qu'ils éprouvent pour leurs voisins canadiens, les Américains usent d'une expression tout à fait redoutable. Avec délectation, ils qualifient, en effet, toute tenue associant un pantalon en jean à une veste en jean de smoking canadien. Ce qui, vous l'aurez compris, laisse entendre que ces pauvres gens du froid n'ont pas tout à fait la même notion de l'élégance que le reste du monde civilisé.

Si l'attaque peut sembler à première vue un peu raide, elle a au moins le mérite de remettre la toile de jean à sa place. Car, aussi populaire et dominante soit-elle devenue, celle-ci demeure une matière à la noix, épaisse, rustique, ultra-texturée et archisensible au vieillissement. À ce titre, elle n'a d'ailleurs pas grand-chose à voir avec un coton uni et s'avère dans l'esprit bien plus proche d'un cuir ou d'un imprimé un peu trop intense.

Ainsi, comme il en va pour tous les motifs, qu'il s'agisse de carreaux, de rayures, de pois, de fleurs ou d'impression camouflage, la toile de jean devrait-elle toujours être manipulée avec une extrême précaution, et se limiter à la partie supérieure ou inférieure de la silhouette, jamais cumulée aux deux endroits. En cas d'infraction à cette règle de base, le risque est en effet grand de susciter une forme d'étouffement visuel, voire de nourrir quelques rapprochements stylistiques douteux. Exactement comme le provoquerait la juxtaposition sur une même silhouette de plusieurs pièces de cuir.

C'est une grande partie du problème. Également baptisé « denim sandwich » ou « double denim » (ajoutez une chemise en jean au pantalon et à la veste, et vous parviendrez au niveau « treble denim »), le look total jean charrie tant de références négatives qu'il paraît difficile, aujourd'hui, de l'assumer à la légère. Car, qui peut véritablement avoir envie de ressembler, en vrac, à un gardien de troupeau, à une star de la country, à un batteur d'un groupe de rock FM des années 1980 ? Même pas un chasseur d'ours de Montréal, on vous l'assure.

Au vrai, il serait d'ailleurs largement temps de rétablir la vérité et de réhabiliter dans sa dignité le peuple canadien. Contrairement aux insinuations états-uniennes, celui-ci n'est pour rien dans l'apparition de son smoking. Les historiens de Levis viennent, en effet, de révéler que l'acteur Bing Crosby, un Américain, fut le tout premier à arborer à la fois une veste et un pantalon de jean. À l'époque, au tout début des années 1950, ce style était même si innovant qu'il valut à Crosby de se faire refouler d'un hôtel canadien parce qu'on ne l'y trouvait pas assez chic… Comble de l'ironie.

EST-CE BIEN RAISONNABLE ?

d'ouvrir le col de sa chemise

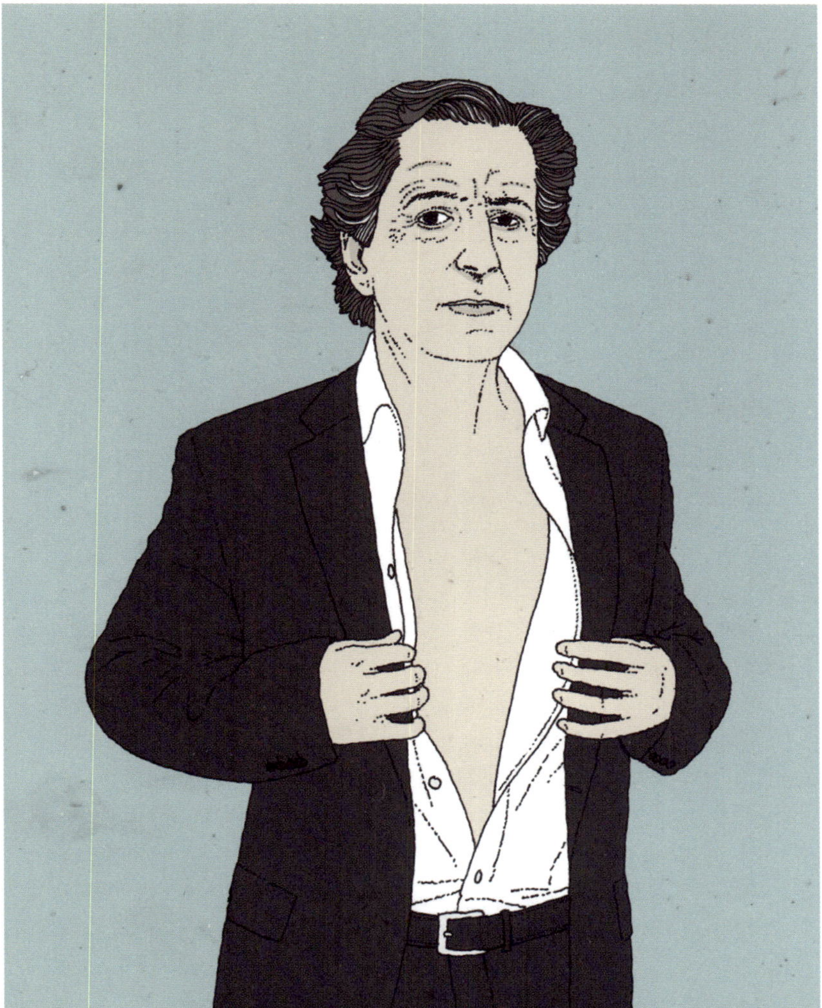

Pour mieux plaire à celles qu'il convoite, le séducteur dispose d'une multitude de techniques douteuses, mais il s'efforce, le plus souvent, de faire valoir son sens de l'ouverture. Ainsi a-t-il tendance à ouvrir son cœur, son portefeuille et, mieux encore, son col de chemise. Car, à travers ce geste-là, dévoilant son décolleté, le séducteur entend surtout dévoiler son jeu.

Concrètement, il envoie ainsi un véritable message à caractère sexuel. Suggérant qu'il n'a rien à cacher et qu'il est complètement en harmonie avec son corps, au point d'en exhiber une partie communément dissimulée, le séducteur essaime l'idée qu'il pourrait être, au plumard, un coup retentissant. Autant dire qu'il se fiche une sacrée balle dans le pied.

Car, au-delà de l'immense déception que ne manquera pas de susciter une telle promesse chez celles, rarissimes, qui tomberont dans le panneau, l'homme entrebâillant sa chemise de deux boutons, voire plus, court d'abord le risque d'apparaître, aux yeux de celles qu'il courtise, tel un mâle d'opérette. Exactement comme le type faisant vrombir, au feu rouge, le moteur de sa Seat, la fenêtre baissée et le poste allumé sur Chérie FM au moment où résonne « J'ai demandé à la Lune » d'Indochine.

Évidemment, en matière de chemises entrouvertes, il y a des degrés, des nuances, et autant de circonstances atténuantes que de circonstances aggravantes. Ainsi, plus la pratique semblera empreinte de théâtralité et de manières, et plus elle sera assumée dans un environnement formel ou professionnel, moins elle s'avérera défendable. De la même façon, plus elle laissera apparaître au grand jour une pilosité importante, moins elle suscitera chez l'autre un quelconque pardon.

Car, pour imposer ainsi un point de vue, fût-ce un point de vue plongeant sur un torse velu, il faut porter en soi une forme d'autoritarisme impardonnable. Ou, pire encore, il faut être passé toute sa vie à côté des notions simples de sphère privée et de sphère publique. Ainsi, à toutes fins utiles, rappelons que les poils installés sur le torse, à l'instar de ceux poussant sous les aisselles ou sur les doigts de pied, ne peuvent être dévoilés, sauf permission exceptionnelle (la plage, la piscine), que dans la sphère privée, à l'abri des regards.

En tout état de cause, la condamnation de ces dérives de type pileux laisse entrevoir un espoir de rédemption à Bernard-Henri Lévy. Car celui-ci, adepte des chemises à col Danton offrant de façon permanente un droit d'ingérence sur son torse, voire, selon certains angles, sur son nombril, a au moins le bon goût d'être complètement glabre. Accordons cela à l'illustre philosophe.

EST-CE BIEN RAISONNABLE ?

d'arborer un pull sans manches

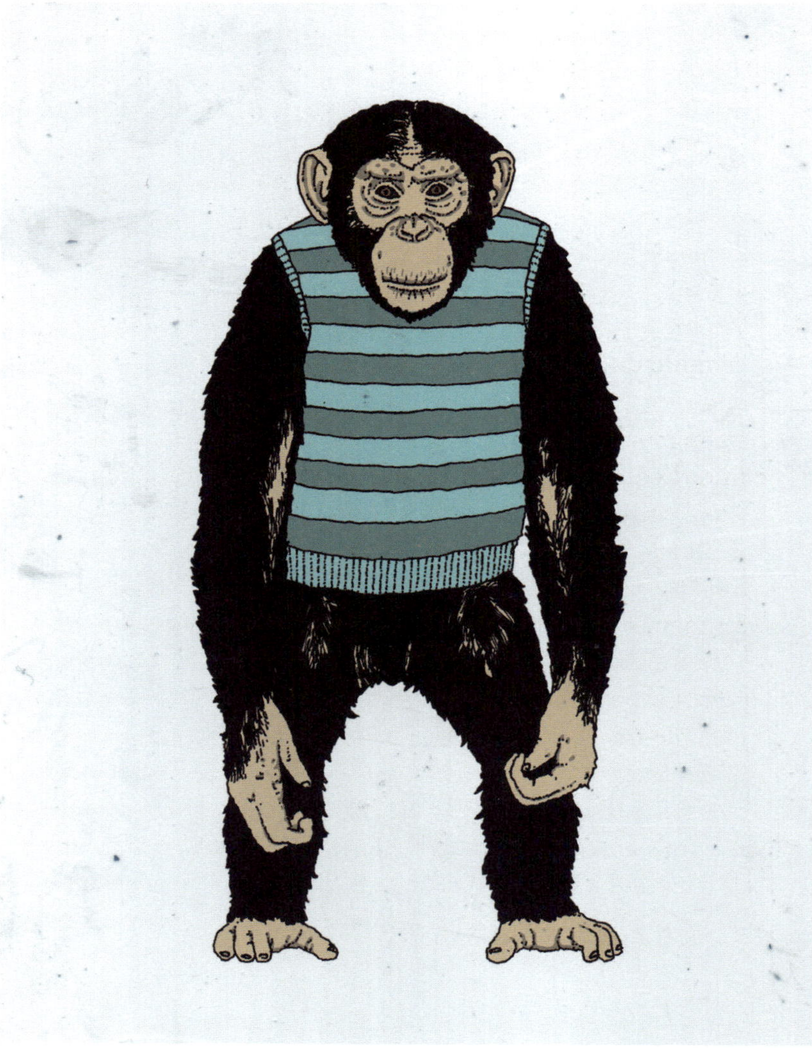

S'il pouvait arriver, au Moyen Âge, qu'une jeune femme offre la manche de l'un de ses habits au chevalier de son cœur et se balade ainsi amputée d'un membre par amour, les choses s'avèrent désormais beaucoup moins romantiques. De nos jours, si certains s'affublent de pulls sans manches, c'est bien par conviction stylistique, et non par sacrifice amoureux. Ce qui assurément ne dit rien de bon sur l'évolution de l'espèce.

Apparu au début des années 1930, alors que déferle pour la toute première fois la mode du pull-over et que vacille enfin l'empire du gilet de costume, le pull sans manches est une bizarrerie dans la garde-robe moderne. Car, à l'instar de l'invraisemblable pantacourt, il se caractérise d'abord par son inutilité. Concrètement, à quel moment se révèle-t-il nécessaire, ou simplement judicieux, de porter un pull sans manches ? Quand il fait à la fois trop chaud pour porter un pull intégral et trop froid pour rester simplement en bras de chemise ? Certes. Mais ces moments-là sont rares, à condition même qu'ils existent.

En réalité, le pull sans manches, dépourvu de la moindre pertinence météorologique, a pu prospérer et se propager dans la garde-robe ordinaire grâce au soutien de sportifs appelés, de par leur poste ou leur discipline, à se mouvoir relativement peu sur le terrain mais à agiter régulièrement les bras (outre nos amis amateurs de bridge, citons les golfeurs, les joueurs de cricket et les gardiens de but). Source de chaleur et garantie d'une grande liberté de mouvement, le pull sans manches s'est avéré parfaitement adapté à leurs besoins. Les problèmes découlent de là.

Si les professeurs d'histoire-géographie affectionnent particulièrement le pull sans manches, c'est naturellement parce qu'il leur permet de pointer Kiel en haut de la carte de l'Allemagne sans se sentir entravés au niveau des aisselles. De la même façon, si les nains de jardin en sont régulièrement affublés (vérifiez, vous verrez), c'est évidemment pour qu'ils puissent, la nuit venue, escalader sans difficulté la clôture et retourner tranquillement chez eux, sans doute dans l'espoir de se vêtir enfin de fringues correctes.

D'un pur point de vue stylistique, le pull-over amputé reste en effet complètement invivable. Fin ou épais, pourvu d'un col rond ou d'un col en V, uni ou, comme souvent, parsemé de motifs losange de type Argyle, il pâtit toujours du même défaut structurel. En mettant en avant de façon excessive les manches, il tend en effet à déséquilibrer la silhouette, soulignant le fait que l'homme est équipé de deux longs bras pendant bêtement de chaque côté de son buste. Exactement comme le primate.

EST-CE BIEN RAISONNABLE ?

de porter des mocassins à glands

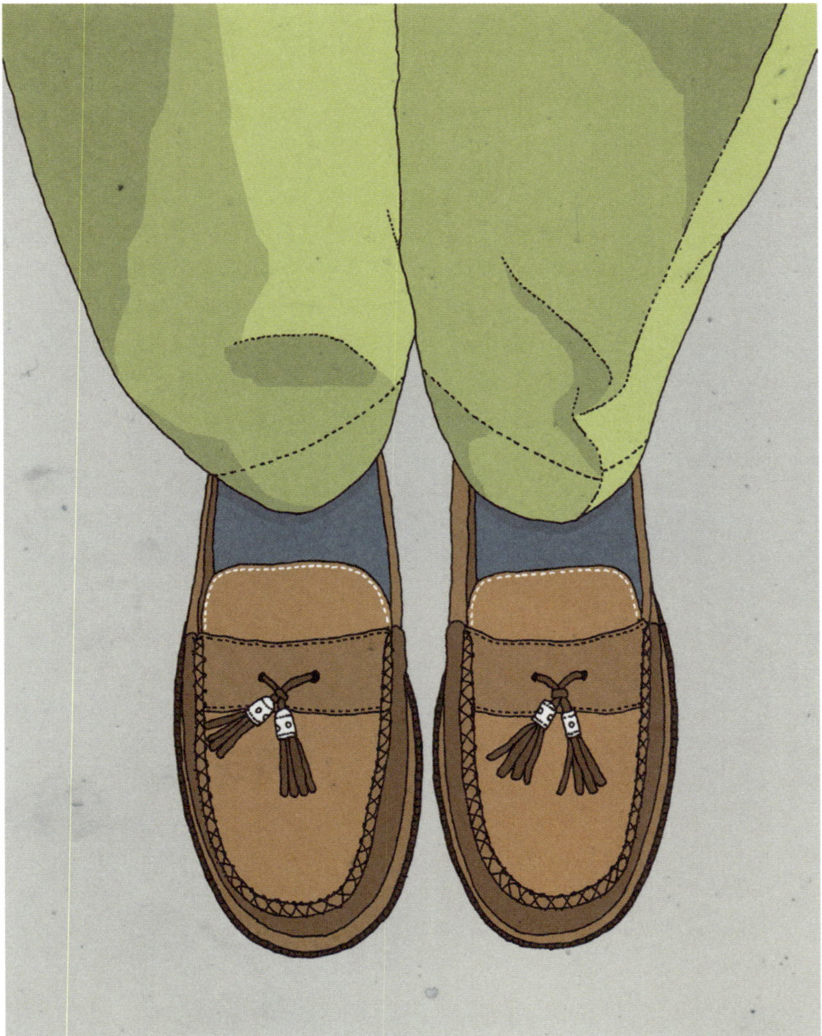

Il n'aura échappé à personne que, dans le cadre de la campagne pour la présidentielle du mois de mai, le retour au premier plan de la thématique sécuritaire a coïncidé de façon parfaite avec le retour au premier plan des mocassins à glands. Deux jours après la mort de Mohammed Merah, Nicolas Sarkozy s'affichait en effet, à l'occasion de son meeting de Rueil-Malmaison, dans une paire de mocassins à glands qu'il n'avait, semble-t-il, plus arboré depuis la campagne de 2007.

Si le président de République, interrogé sur Canal Plus sur son intérêt pour ce type de chaussures a simplement confié qu'elles lui rappelaient des « souvenirs d'école », il s'avère difficile de ne pas déceler derrière cette concordance des événements une pensée politique profonde. Car, de la même façon que la thématique sécuritaire est considérée comme une thématique de droite, le mocassin à glands est unanimement perçu comme une pompe de droite.

Derrière cette étiquette se cache en fait une longue histoire, entamée dans le cadre d'une autre élection présidentielle. Ainsi, en 1980, au lendemain d'un débat intense avec Ronald Reagan, dans le New Hampshire, George Bush senior se plaint publiquement de l'agressivité de son adversaire. Bientôt, l'un des proches conseillers de Reagan rétorque : « Ces bourgeois à mocassins à glands sont toujours de sales joueurs... » Ironiquement, douze ans plus tard, c'est George Bush lui-même qui reprendra la saillie à son compte, insinuant que son rival

Bill Clinton est soutenu par « tous les avocats à mocassins à glands du pays... »

Récupérés peu de temps après par les jeunes loups du RPR souhaitant certainement signifier une forme déférence pour leurs confrères américains, et leur modèle libéral, les mocassins à glands n'ont depuis guère changé d'image. Contrairement aux chaussures bateau, ironiquement transformées, ces dernières années, en objets branchés, ils demeurent la cause de bien des stigmates et moqueries.

Au vrai, si la présence d'une paire de glands bringuebalant sur le coup de pied peut suffire à expliquer le mépris suscité par ces mocassins, ceux-ci semblent surtout pâtir de leur nom. Dans un raisonnement similaire à celui s'appliquant aux adeptes des salopettes, bananes, babygros, grenouillères ou encore gigoteuses, l'adepte des mocassins à glands court en effet le risque d'être assimilé à ce qu'il porte. En somme, il risque de passer pour un vrai gland.

Créés en 1952 par la firme américaine Alden, après que le célèbre acteur hollywoodien Paul Lukas eut demandé qu'on lui fasse une version inédite de chaussures européennes dont les lacets avaient la particularité d'être frangés, les mocassins à glands se retrouvent donc aujourd'hui dans l'obligation de mener une véritable révolution culturelle. Pour devenir des souliers comme les autres, ils doivent faire en sorte qu'on les nomme par leur deuxième nom, seulement connu des experts : mocassins à pampilles.

EST-CE BIEN RAISONNABLE ?

de porter une chemisette au travail

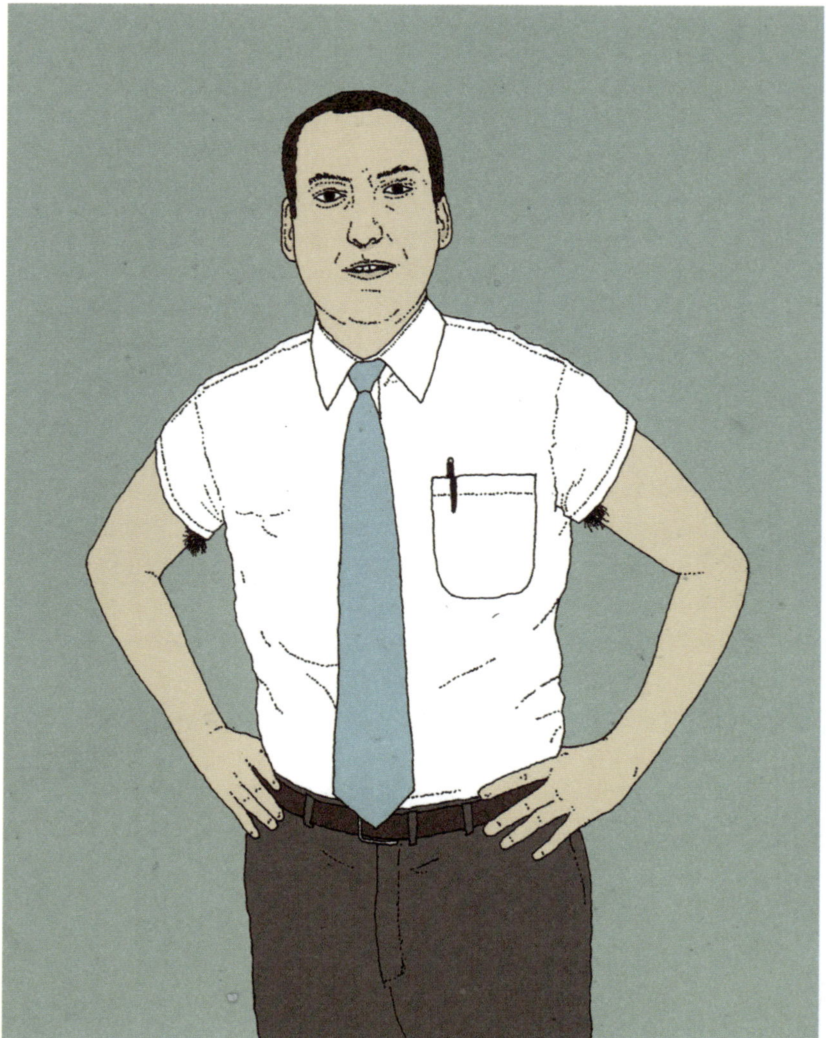

Si le mauvais goût ne connaît pas les saisons, il semble particulièrement se plaire au soleil. Ainsi, outre la réapparition des pichets de rosé et des pare-soleil de voiture à l'effigie de Dora l'exploratrice, le début de l'été marque, chaque année, le déferlement d'une série d'accessoires vestimentaires particulièrement redoutables. Citons, pêle-mêle, les Crocs, les bobs, les marcels, les pantacourts, les sandales à scratch et, plus sournoises, les chemisettes.

À première vue, en effet, celles-ci n'ont rien d'infamant. Hormis leur amputation, elles présentent même des caractéristiques exactement similaires aux chemises ordinaires, faisant une variété semblable de cols, de coupes, de matières, de boutonnages et de gorges (la patte de tissu qui vient renforcer la chemise à l'endroit où sont cousus les boutons). Ainsi, leur banalité vaut aux chemisettes une belle place dans le vestiaire masculin. Au vrai, pour peu que l'on ne se soit pas adonné à la scarification pendant son adolescence, il est tout à fait possible d'être vêtu d'une chemisette dans un *open space*, sans y susciter la moindre réflexion.

Là est justement le problème. Car, au même titre que le bermuda, autre grand amputé du vestiaire masculin, la chemisette n'est pas une pièce de travail, et elle ne l'a même jamais été. Apparue sous sa forme actuelle dans les années 1920, alors que l'uniforme masculin classique se retrouvait pour la première fois sujet à contestation, la chemisette fut d'abord récupérée par les joueurs de tennis. Puis elle fut endossée par l'élégant duc de Windsor lors de ses escapades au soleil, confirmant ainsi son statut de pièce de villégiature et de détente.

Plus que le vêtement en lui-même, c'est donc bien son utilisation dans un contexte inapproprié qui pose souci et expose à bien des dangers. Ainsi, très concrètement, l'amateur de chemisette au travail aura de grandes chances de dévoiler son aisselle velue à la première présentation Power Point venue, ce qui ne contribuera pas à le crédibiliser auprès de son auditoire. Dans cette situation, même le recours à une cravate ne viendra pas arranger ses affaires, car il apparaîtra alors comme le vendeur de chez Darty venu faire la démonstration d'un nouveau logiciel.

Si elle est acceptable sur la plage du Grau-du-Roi, en bermuda et espadrilles, un après-midi d'août, la chemisette est donc à bannir dans un contexte professionnel. Là, à partir du mois de mai, la meilleure façon de marquer une forme de décontraction estivale consiste à arborer une chemise à manches longues et de remonter celles-ci. Non seulement cette option vous assurera un supplément d'élégance, mais elle laissera aussi entendre que, malgré les beaux jours, vous êtes encore prêt à vous retrousser les manches…

EST-CE BIEN RAISONNABLE ?

de laisser pendre sa chemise

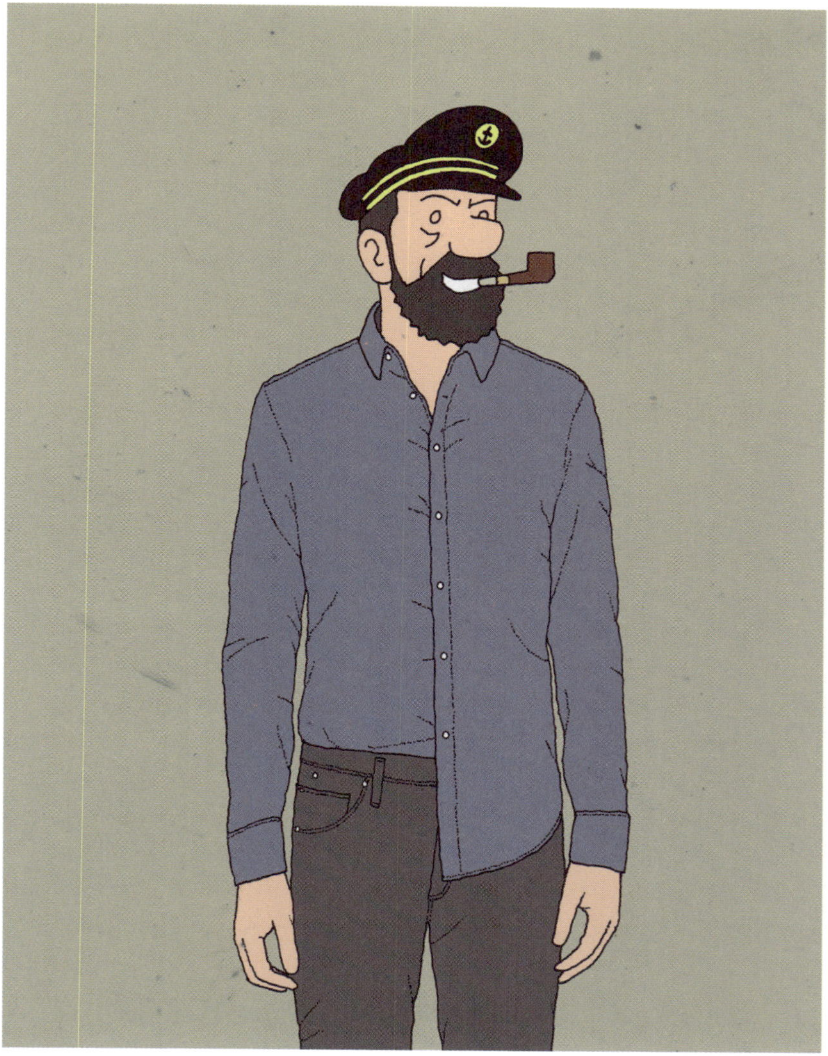

À la manière du capitaine Haddock se demandant, dans *Coke en stock*, s'il est préférable de dormir avec la barbe au-dessus ou en dessous de la couverture, l'homme moderne s'interroge parfois : faut-il laisser pendre cette fichue chemise ou la coincer à l'intérieur de ce satané pantalon ?

Au vrai, tout est possible, certains modèles étant spécifiquement pensés pour être rentrés, d'autres pour être laissés en liberté. Les distinguer demande autant de bon sens que de sens esthétique. Ainsi, s'il vous prend de rentrer dans votre pantalon une surchemise épaisse, vous observerez, au niveau de la taille, la formation d'une hypertrophie similaire à celle que provoquerait le fait d'y rentrer un chandail en laine. Ce qui n'est pas une très bonne chose.

Sur le même principe, vous constaterez aussi qu'il n'est pas judicieux de contraindre une chemise estivale de type hawaïen. Plus courte qu'une chemise ordinaire, celle-ci sortirait du short à la moindre opportunité, que vous tentiez d'attraper la crème solaire en haut de l'étagère ou que vous vous penchiez sous le lit pour retrouver vos tongs. Ce ne serait alors que justice, car quel genre d'andouille peut bien avoir envie de rentrer méticuleusement sa chemise dans son short pour aller à la plage ?

Ainsi, en filigrane, il apparaît que plus une chemise est informelle, moins elle doit être rentrée dans le pantalon. Mais le corollaire est tout aussi vrai et c'est souvent là que le bât blesse. Contrairement à une idée répandue, laisser pendre sa chemise de ville n'a jamais contribué à faire de quiconque un être irrémédiablement cool. En réalité, ce gimmick-là n'a qu'un véritable effet. À l'instar d'une veste de costume laissée déboutonnée, il tend à raccourcir et épaissir la silhouette, comme on a pu le constater récemment sur une photo de Nicolas Sarkozy, débraillé lors d'une balade avec Carla.

Si Jean Touitou, le très respectable créateur d'APC, affirmait un temps qu'il convenait de rentrer, l'air de rien, sa chemise à moitié, sur le devant uniquement, il faut en réalité aller plus loin encore. Une chemise de ville devrait toujours être coincée dans un pantalon, car elle a été conçue pour cet usage. Si l'immense majorité des chemises de ville sont arrondies à leur extrémité (on appelle cela le « bas liquette », par opposition au « bas droit », qui équipe notamment les chemises hawaïennes), c'est en effet pour qu'elles restent solidement calées dans le pantalon, tout au long de la journée et malgré la multitude des mouvements.

Pour ceux qui seraient particulièrement sensibles à ce point et traqueraient frénétiquement la moindre échappée de leur chemise, il existe une solution encore plus radicale. Extrêmement longues, les chemises montées avec des « bas queue-de-morue » se boutonnent sous le slip, sur le même principe qu'un body ou une couche-culotte. À sa grande époque, Claude François en imposait d'ailleurs à tous ses musiciens, afin qu'ils soient toujours impeccables.

EST-CE BIEN RAISONNABLE ?

de porter du noir en été

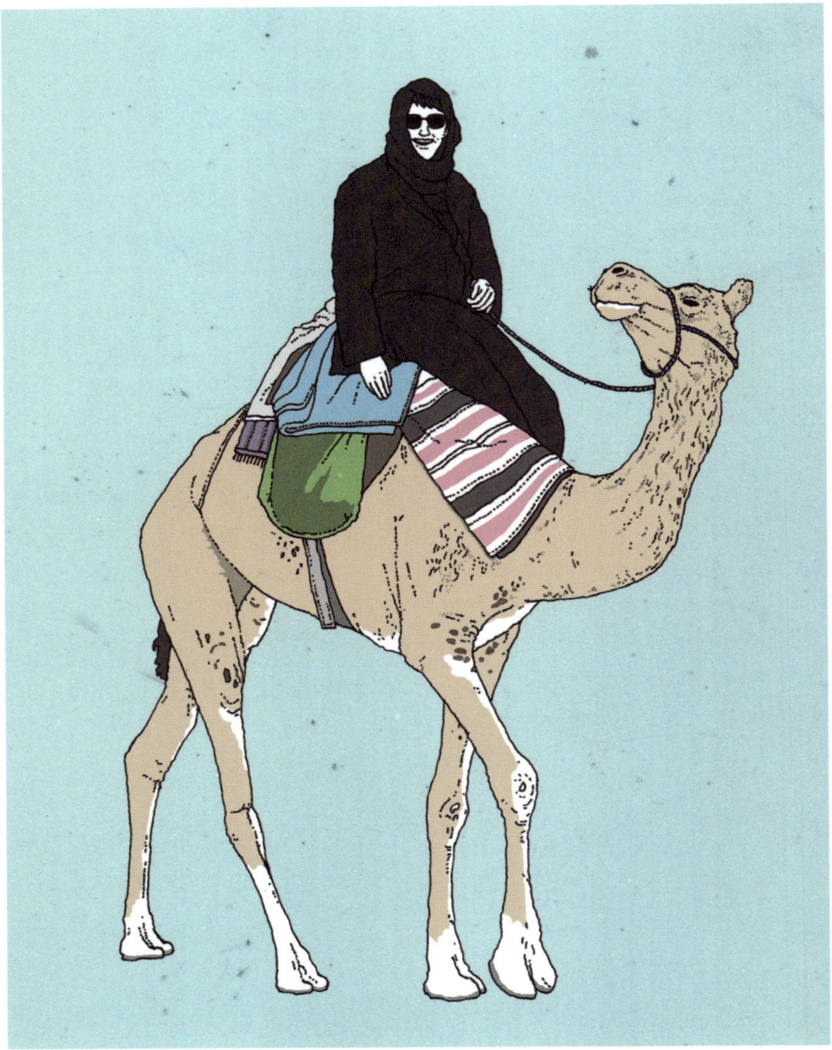

Si le port du blanc a tendance, en période estivale, à efficacement faire ressortir le bronzage et les taches de Cornetto chocolat, le port du noir est loin d'être anodin. Il tend en effet à faire ressortir, chez celui qui l'assume, un profond manque d'originalité et, pire, un sérieux déficit de bon sens.

Car le noir en été cumule défauts de circonstance liés à la saison et défauts structurels tangibles tout au long de l'année. S'il a effectivement un effet amincissant, d'une ampleur comparable à celui d'une légère gastro-entérite, il a aussi tendance à vieillir piteusement, grisant après quelques lavages à 30 °C. Mais le noir se marie surtout très mal, écrasant toutes les couleurs auxquelles on l'associe. Terne avec un marine, vulgaire avec un rouge, maladroit avec un beige, pompeux avec un blanc, le noir ne supporte au vrai que sa propre présence.

De fait, s'il peut faire figure, chez certains, en basse saison, de véritable religion, le port du noir trahit, les beaux jours venus, une forme de masochisme. Car, plus qu'aucune autre couleur, le noir absorbe la lumière, donc la chaleur. Concrètement, lorsque le soleil est à son zénith, il génère, au niveau du sol, près de 1 000 watts par mètre carré. Alors que le blanc n'absorbe que 35 % de cette énergie, le noir en absorbe 90 %, transformant tout un chacun en un véritable panneau solaire ambulant.

Dans la même veine, des études ont récemment permis de percer le mystère des tuniques sombres, noires ou marines, arborées par les Bédouins en plein désert. On sait maintenant que ceux-ci portent systématiquement sous ce vêtement une pièce claire. Jamais au contact de la peau, les tuniques peuvent ainsi aspirer, par effet de convection, l'air plus frais du dessous, faisant naturellement retomber la température. Au-delà de leur couleur, c'est donc surtout leur forme très ample qui a de l'importance.

De toute évidence, il convient, en été, d'éviter au maximum les pièces noires, et de tirer complètement un trait sur les plus lourdes d'entre elles. Car, de la même façon qu'arborer un pantalon de lin blanc un jour de neige laisserait penser que vous arrivez tout juste de l'aéroport Charles-de-Gaulle en provenance des Maldives, enfiler un jean noir un jour de canicule laisserait penser que vous êtes au bout d'un voyage. Le grand voyage de la vie.

Par souci de fraîcheur physique et stylistique, le recours aux couleurs claires s'impose donc en été. Sans adopter le radicalisme d'Eddie Barclay, il est ainsi possible de construire ses silhouettes autour de pièces blanches, bleu ciel ou beige. Rien n'empêchant ensuite de chausser une paire de lunettes noires.

EST-CE BIEN RAISONNABLE ?

de mettre ses lunettes n'importe où

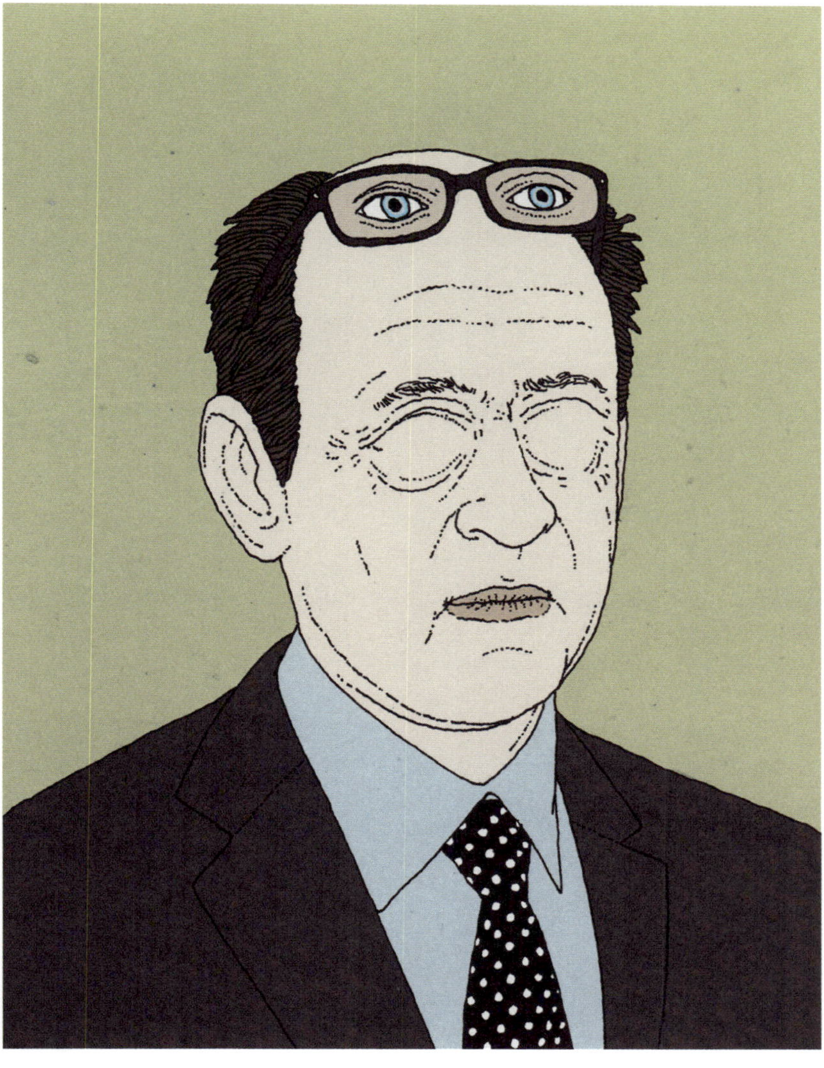

Si l'homme moderne est désormais en mesure de greffer des visages, de commanditer des attaques de drones longue distance et, même, de se régaler de fromage hollandais en spray, il demeure incapable de répondre à cette question simple, particulièrement prégnante dans la communauté presbyte : que faire de ses lunettes lorsqu'il n'est pas nécessaire de les porter sur le nez ?

Les mauvaises réponses sont légion. En accrochant un sautoir à votre monture et en la laissant pendre autour de votre cou, vous obtiendrez ainsi le look de l'acteur senior dans la publicité pour les bonbons Werther's Original, ce qui n'est pas une bonne chose. En la coinçant dans l'encolure de vos tee-shirts ou de vos pulls, vous ne ferez guère mieux, puisque vous déformerez chacun d'entre eux jusqu'à obtenir une série de cols en « V ». Enfin, en laissant votre monture sur votre front ou, pire, au milieu de votre chevelure, vous semblerez avoir les yeux constamment levés au ciel. Ce qui fera de vous, au regard de tous, un être difficile, car perpétuellement agacé.

Le dilemme auquel est confronté l'homme à lunettes est donc plus compliqué qu'il n'y paraît. À l'instar du cadre sup'se demandant comment protéger dignement sa cravate des éclaboussures lors de la dégustation d'une soupe chinoise (faut-il la poser sur l'épaule, la rentrer entre deux boutons de la chemise ou bien l'ôter carrément ?), l'homme à lunettes doit trouver l'éternel compromis entre sens pratique et sens esthétique.

Afin de mettre ses lunettes à l'abri d'une chute et de se mettre lui-même à l'abri d'un faux pas stylistique, il dispose de quelques ébauches de solutions. Vêtu d'une chemise décontractée, il pourra glisser ses lunettes dans sa poche poitrine. Habillé d'une veste de costume, il pourra les ranger dans la poche intérieure, si possible protégées par un mouchoir ou un étui. À moins qu'il ne décide, comme le font beaucoup d'élégants Italiens, de les glisser dans la poche poitrine de sa veste, en s'arrangeant pour qu'une branche en ressorte, l'air de rien…

Pour ceux qui ne porteraient ni chemise ni veste, il existe des pistes de contournement plus radicales encore. La chirurgie ophtalmologique a fait ses preuves et il se dit le plus grand bien des lentilles pour presbytes. Néanmoins, le recours à un monocle, petit verre circulaire pourvu d'une chaîne et susceptible d'être accroché à un vêtement, très en vogue au XVIIIe siècle, fera plus d'effet en société, c'est certain.

EST-CE BIEN RAISONNABLE ?

de porter des chaussures pointues

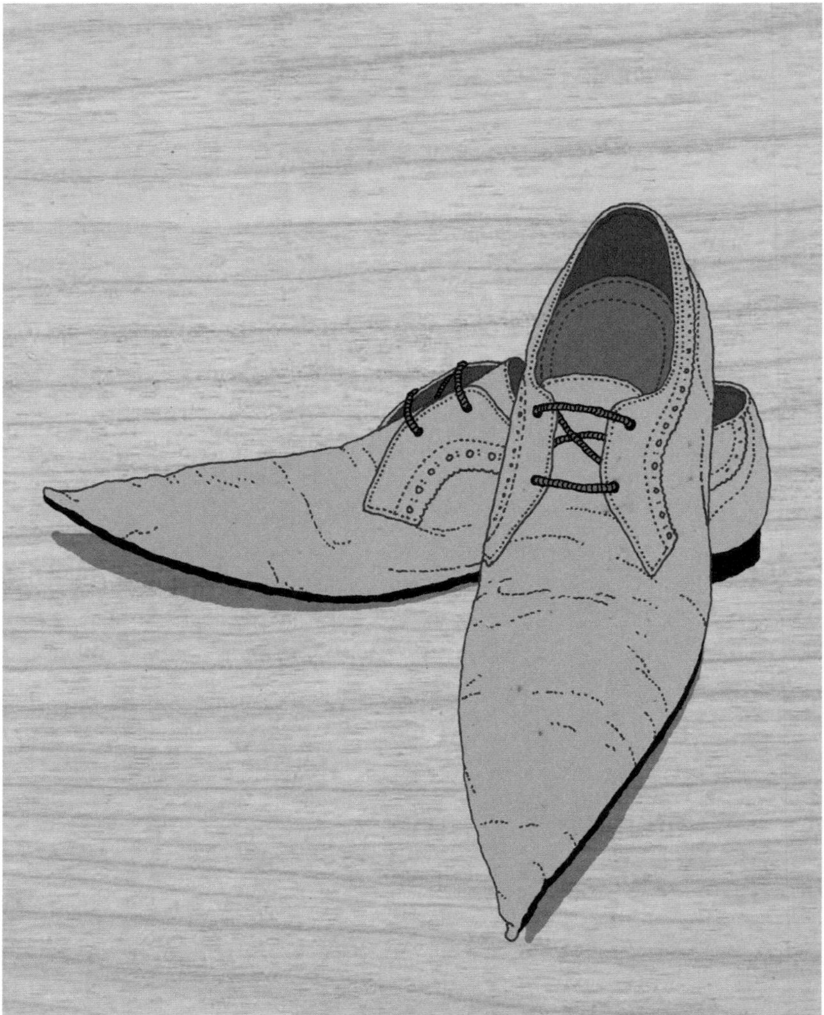

Si les Américains ont entrepris depuis de longues années un travail de stigmatisation de la chaussure à bout carré, allant jusqu'à assimiler sa forme, non sans raison, à celle d'un pied-de-biche, il semble que nous ayons laissé se répandre, de ce côté de l'Atlantique, la chaussure à bout pointu. Au vrai, celle-ci apparaît aujourd'hui comme la chaussure par défaut d'une frange d'hommes aimant aussi le spray coiffant et les jeans ornés de broderies sur les fesses.

Nous n'avons pas de quoi être fiers. Car la chaussure à bout pointu a, hors de toute considération sociologique, un effet déstabilisateur sur la silhouette. Portée avec un pantalon ample, elle apparaîtra bien trop fine à son extrémité et fera ainsi enfler la jambe. Mise avec un pantalon serré à la cheville, sa longueur donnera, en revanche, l'impression que celui qui l'arbore chausse particulièrement grand. Ce qui, tant qu'aucune étude sérieuse ne sera venue accréditer les rumeurs d'une corrélation entre la longueur des pieds et celle de l'organe mâle, ne pourra être considéré comme un atout stylistique.

Si, à l'instar de Paris Hilton et des M & M's au beurre de cacahuète, la chaussure à bout carré s'avère une faute de goût typiquement américaine, la chaussure à bout pointu a des origines parfaitement européennes, et même françaises. Mise au point par le comte d'Anjou afin de dissimuler la largeur de ses pieds, elle fut institutionnalisée, au XIIe siècle, par le roi Philippe Auguste, qui légiféra même sur le sujet. La longueur de la pointe de la chaussure devant désormais être indexée sur le rang de son propriétaire, on ne manqua pas d'assister à une surenchère. Appelées « poulaines », ces chaussures firent bientôt cinquante centimètres de longueur.

Des santiags aux babouches, en passant par les modèles arborés par les elfes, les chaussures pointues ont, depuis, pris de nombreuses formes, mais elles demeurent, dans l'esprit collectif, associées à une certaine forme d'insoumission. Si les hommes du Moyen Âge s'en servaient parfois pour soulever les jupons des dames et abréger les prières (essayez un peu de vous tenir agenouillé avec des chaussures longues de cinquante centimètres pendant tout le « Je vous salue Marie »), la référence est ici éminemment rock'n'roll. Car, dans les années 1960, les chaussures pointues avaient leur importance. Elles permettaient à l'élite des mods et des rockers de se distinguer de la plèbe bagarreuse en Doc Martens.

Revenue sur le devant de la scène au début des années 2000, alors que déferlait l'imagerie rock, la chaussure pointue a donc suivi le même chemin que la cravate extrafine, perdant tout caractère subversif et devenant même un totem beauf. Somme toute, il apparaît urgent d'enfiler une paire de chaussures à bout arrondi, et de rassembler d'éventuelles bouts pointus traînant au fond d'un placard, pour mieux les recycler. Pourquoi pas en ustensiles de table ? Un temps, les Anglais traitèrent en effet ces chaussures-là de *winkle pickers*, soit des piques à bigorneaux.

EST-CE BIEN RAISONNABLE ?

de porter une veste en cuir

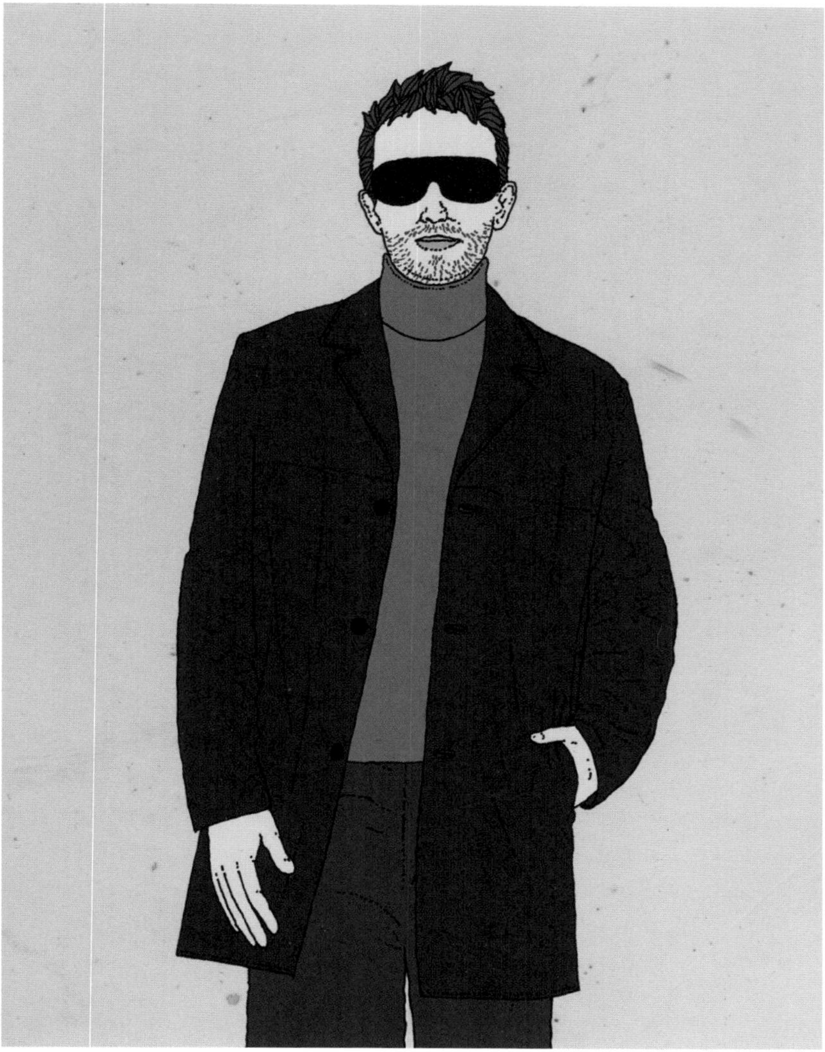

La langue française étant particulièrement bien faite, ce n'est pas fortuitement que l'expression « prendre une veste », plutôt que celle de « prendre un blouson », s'est imposée pour désigner l'échec d'une tentative de rapprochement à visée sexuelle. En effet, si ces deux vêtements recouvrent des fonctions relativement proches, les images qu'elles renvoient respectivement s'avèrent très différentes. Ainsi, alors qu'un blouson de cuir bien porté plaira à de nombreuses filles, une veste de cuir fera toujours office de repoussoir.

Ce différentiel de perception s'inscrit dans l'histoire même des deux pièces. Caractérisé par la présence d'un zipper ainsi que d'élastiques à la taille et au poignet, le blouson de cuir renvoie à la mythologie rock et suscite un rapprochement spontané avec la bande de blousons noirs, symbolisant ainsi, de fait, une certaine insoumission de la jeunesse. La veste de cuir, pourvue de boutons et tombant bas sur les cuisses de son propriétaire, ne jouit pas du même statut. Popularisées à la fin des années 1960, à l'époque maudite de la propagation des chemises et sous-pulls en acrylique, elles semblent être devenues l'apanage des « gros durs », exactement comme la chemise ouverte sur un torse poilu est aujourd'hui celui des « vieux beaux ».

Ainsi, la veste en cuir apparaît extrêmement fréquente dans les films sombres impliquant des gangsters et des inspecteurs matures et mal rasés, tels *Shaft*, *Snatch* ou même *Un prophète* de Audiard. Par extension, elle s'avère également très prisée de la population rock fréquentant les rassemblements de Johnny

Halliday au stade de France. À cette occasion, la veste en cuir est d'ailleurs généralement associée à un tee-shirt noir orné d'une tête de husky et d'étoiles scintillantes. Laissée ouverte pour des raisons évidentes liées à une surconsommation de bière, elle prend alors tout son sens. Chez ceux qui n'ont plus le physique pour porter le blouson de cuir, la veste permet, en effet, de maintenir en vie la flamme de la subversion.

D'une certaine façon, c'est cela qui a longtemps animé Christophe Hondelatte. Désireux de faire oublier son statut de simple journaliste pour nourrir la noirceur de son personnage et, par là même, la dramaturgie de « Faites entrer l'accusé », celui-ci s'est plu, pendant des années, à enfiler au terme de l'émission et de son enquête une veste de cuir en noir. Dressant son col comme l'on dresserait un procès-verbal, Hondelatte avançait ensuite dans la brume, contribuant à ses dépens à faire éclater une deuxième vérité, stylistique celle-ci : si l'on a passé l'âge de porter un blouson de cuir, c'est que l'on a passé l'âge de porter le cuir, sous toutes ses formes.

EST-CE BIEN RAISONNABLE ?

de porter un pantacourt

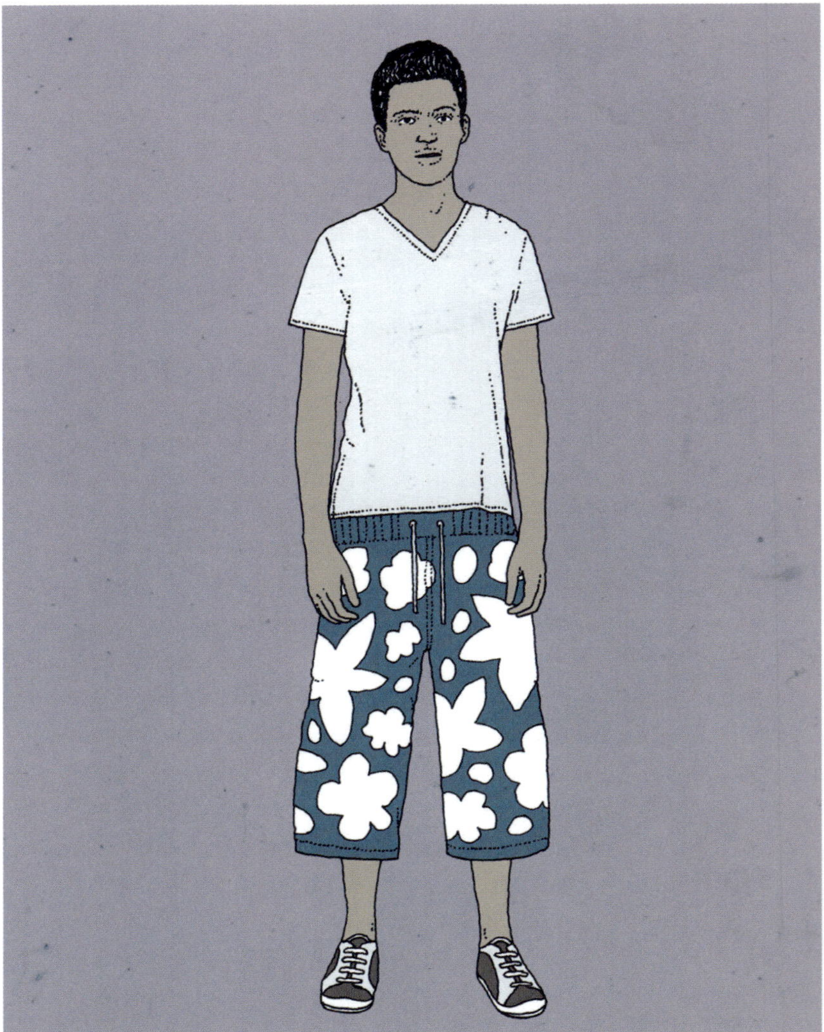

Sur le même modèle que le brunch, croisant petit-déjeuner et déjeuner, plusieurs pièces et accessoires vestimentaires prospèrent, depuis quelques années, en faisant valoir leur caractère hybride. C'est notamment le cas du tee-shirt sans manches, à mi-chemin entre tee-shirt et marcel, et des Crocs, à la croisée entre sabot médical et boîte Tupperware.

Mais, dans ce genre singulier, c'est encore le pantacourt qui connaît le succès le plus éclatant. Inventé dans les années 1940, à Capri, et d'abord adopté par les femmes, celui-ci est en effet devenu, au fil des ans, un classique de la garde-robe masculine estivale, au point que son port paraît quasi réglementaire lors d'événements populaires parcourus d'odeurs de merguez tels le Tour de France, le feu d'artifice du 14 Juillet, l'élection de miss Camping ou les matches du RC Lens au stade Félix Bollaert.

Tout le succès du pantacourt tient à son hybridité même. Atterrissant, selon que l'on considère que le verre est à moitié vide ou à moitié plein, en dessous du genou ou au-dessus de la cheville, celui-ci fait en effet figure de croisement parfait entre bermuda et pantalon. Souvent confectionné dans une matière infroissable, de type polyamide brillant, et pourvu de petits cordons de serrage au bas de chaque jambe, il reprend même, plus précisément, les codes esthétiques des bas de survêt' faisant la fortune de chaînes comme Décathlon ou Intersport.

À bien des égards, le pantacourt apparaît donc comme un objet familier et ordinaire. C'est ainsi qu'il donne l'impression à celui qui l'arbore d'avancer en territoire balisé, et de ne prendre aucun risque stylistique. L'erreur est évidemment là. Car, en matière de vêtements, comme dans le cadre d'une relation amoureuse, quelques centimètres de plus ou de moins changent évidemment bien des choses.

Ainsi, de la même façon que des pattes de cheveux s'arrêtant trop haut sur l'oreille ou qu'une cravate tombant trop bas sur la braguette décrédibiliseront n'importe quel homme, un pantacourt ramènera toujours celui qui le porte à sa condition d'homme de peu de goût, et, au vrai, de peu d'envergure. Car, tout à fait concrètement, le pantacourt a aussi pour effet visuel de couper les tibias de son propriétaire en deux, et donc de le tasser de façon radicale.

L'été – une fois n'est pas coutume –, il faudrait donc toujours renoncer au compromis, et se contenter de choisir entre bermuda et pantalon de toile, en considérant que le premier doit se terminer au-dessus du genou et que le second doit tomber en dessous de la cheville.

EST-CE BIEN RAISONNABLE ?

de transporter son portable dans un sac à dos

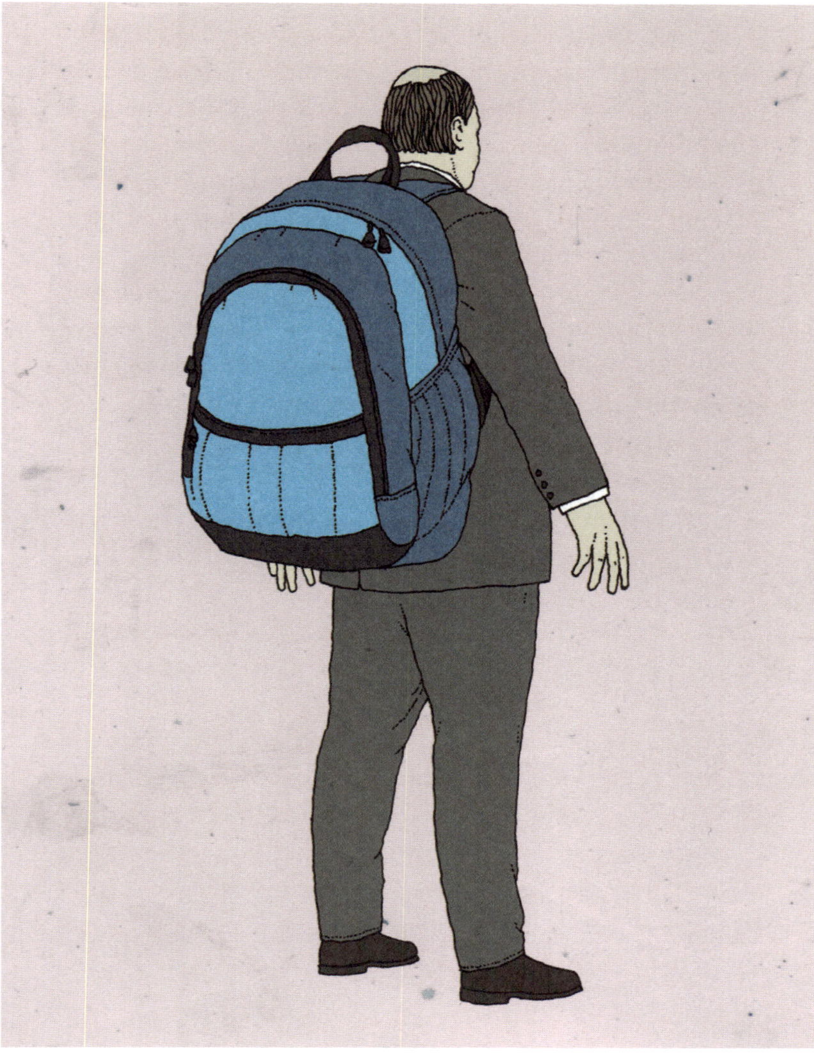

À l'instar de la tortue et du kangourou, transportant respectivement leur logis sur leur dos et leur descendance sur leur ventre, le cadre en entreprise sait faire preuve d'un véritable sens du nomadisme. Ainsi a-t-il pris l'habitude d'emporter avec lui son bureau, trimballant, concrètement, son ordinateur portable dans un sac à dos spécialement conçu à cet effet.

Si le développement de cette pratique, appuyée par le puissant lobby des ostéopathes, coïncide avec un mouvement général de prise en compte des souffrances dorsales, il répond surtout aux mutations du monde professionnel. Ainsi, s'il pouvait lui arriver, autrefois, de se rendre à un rendez-vous de travail, une pile de dossiers sous le bras, le cadre en entreprise est désormais tenu à une mobilité permanente. Il est, en effet, susceptible, à chaque instant, de recevoir un SMS de sa DRH lui indiquant que le siège de l'entreprise a été délocalisé, pour des raisons budgétaires, à Cracovie, en Pologne, et qu'il y est attendu le lendemain à 8 h 30 afin d'entamer sur le champ une nouvelle mission, évidemment rémunérée au tarif du marché du travail local.

Équipé de son sac à dos et de son ordinateur portable, le cadre moderne pourra parfaitement répondre à la convocation. Mais le trajet jusqu'à la Pologne s'avérera éreintant, et pourrait lui valoir quelques inimitiés, pour peu qu'il emprunte des moyens de locomotion collectifs à des heures de pointe. Dans un métro, un RER ou un bus bondé, l'adepte du sac à dos est en effet encore moins populaire que le lecteur de *L'Équipe* ouvrant son journal en grand pour y chercher le classement de la deuxième division de handball féminin. Car, si ce dernier prend de la place, le premier ne manque jamais, à chacun de ses mouvements, de heurter les passagers se situant à sa proximité.

Pourtant, le véritable problème reste, ici, stylistique. Pensés pour préserver le matériel informatique de toute casse, ces sacs à dos à ordinateurs, particulièrement volumineux, sont en effet conçus dans des matières techniques semblables à celles utilisées dans la fabrication des tapis de souris ou des combinaisons de plongée. Ainsi, à la ville, sur un cadre en costume et cravate, ils apparaîtront toujours extrêmement déplacés, et presque aussi incongrus qu'un attaché-case au bras d'un plongeur prêt à se jeter à l'eau.

Au vrai, si le port du sac à dos peut se justifier lors d'une randonnée périlleuse nécessitant d'avoir à chaque instant les mains libres pour pouvoir se rattraper aux branches en cas de glissade, il n'a jamais lieu d'être à la ville. Protégé par une pochette ou une coque, un ordinateur portable se trouvera en effet parfaitement bien dans une besace en toile ou en cuir, coincée sur l'épaule. Ainsi équipé, le cadre en entreprise en paraîtra immédiatement plus raffiné. De plus, il cessera sur le champ d'éprouver le sentiment d'en avoir plein le dos.

EST-CE BIEN RAISONNABLE ?

de porter un slip de bain à la plage

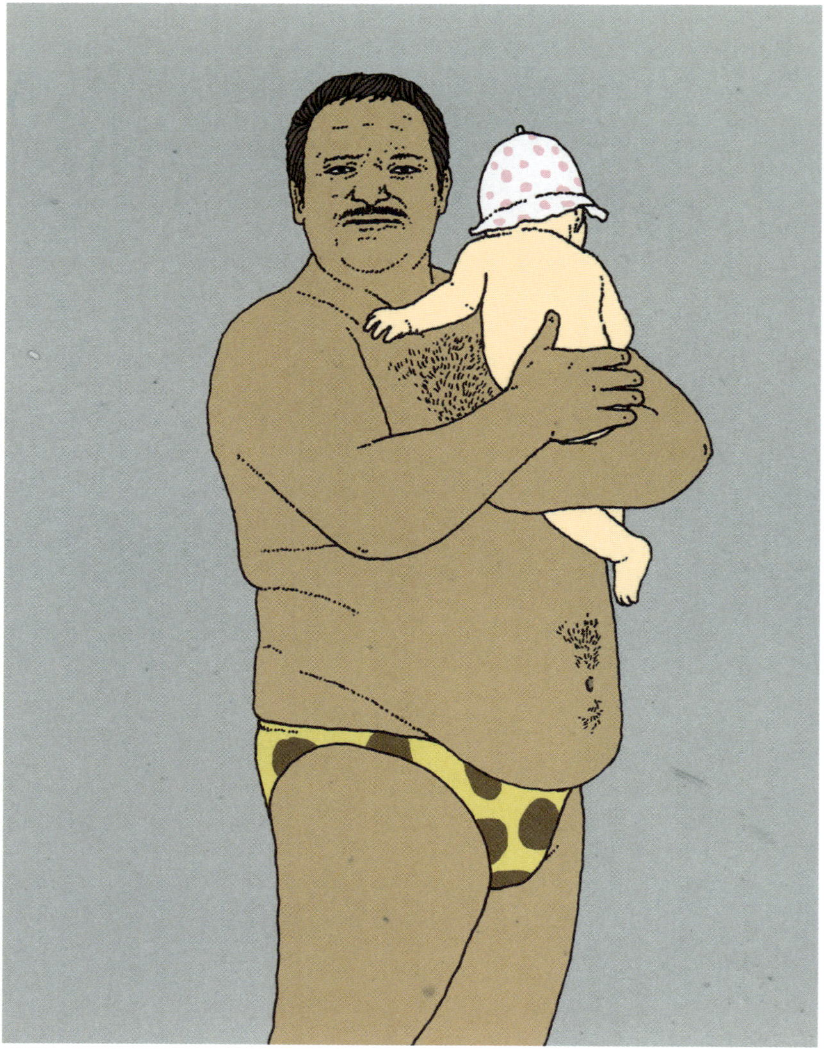

Si le royaume de la plage se divise avant toute chose entre les hommes pouvant exhiber fièrement un corps ferme et ceux devant rentrer leur ventre par manque d'exercice, la question textile y demeure extrêmement clivante. En effet, au-delà de leur physique respectif, l'homme en short, l'homme en boxer et l'homme en slip de bain diffèrent largement.

Ainsi, si le short fait consensus auprès d'une foule hétéroclite de mâles attachés à une certaine discrétion et tenant à leur liberté de mouvement (notamment, le mouvement consistant à regagner tranquillement sa location sans même changer de tenue), le boxer s'avère l'apanage de jeunes gens n'ayant peur de rien et souhaitant séduire à tout prix. À l'inverse, le slip de bain incarne le renoncement. Au vrai, si des hommes en arborent encore en 2012, c'est uniquement parce que la question ne les intéresse pas, et qu'ils n'ont pas fait de shopping depuis quelques décennies.

Car la chute du slip de bain sur la plage ne date pas d'hier. Successeur de la grenouillère, uniforme ordinaire de la baignade jusqu'aux années 1930, le slip de bain a en effet été concurrencé dès les années 1960. Alors qu'apparaissent les premiers surfeurs, vêtus de longs shorts à fleurs, les bellâtres optent en effet déjà pour des boxers. C'est notamment le cas d'Alain Delon dans *La Piscine*, en 1969. Les bases sont ainsi posées. Les « séducteurs », de Jean Dujardin à Daniel Craig, porteront le boxer alors que les « sportifs », du surfeur Kelly

Slater au sauveteur David Hasselhoff d'*Alerte à Malibu*, déambuleront en short.

Ainsi délaissé, le slip est devenu au fil du temps l'apanage des « ringards » et des « malotrus », tels Christian Clavier dans *Les Bronzés* ou Franck Duboscq dans *Camping*. Dévoilant trop souvent une pilosité incontrôlée et des cuisses grasses, le slip de bain suscite même aujourd'hui une forme de quasi-malaise. Trop petit pour avoir la moindre valeur esthétique, il se résume, en effet, à sa seule fonction technique. Autant dire qu'il sert uniquement à tenir le paquet, ce qui n'est pas d'une grande distinction.

Aujourd'hui, si le slip de bain reste obligatoire à la piscine, qu'elle soit municipale ou olympique (les nageurs de haut niveau ont dû y revenir après s'être vu interdire de porter une combinaison), il est donc crucial de s'en passer en milieu naturel. Au vrai, sur la plage, il n'y a pas plus de raison de porter un slip qu'il n'y en a de porter un bonnet de bain.

EST-CE BIEN RAISONNABLE ?

d’enfiler son maillot de bain sur la plage

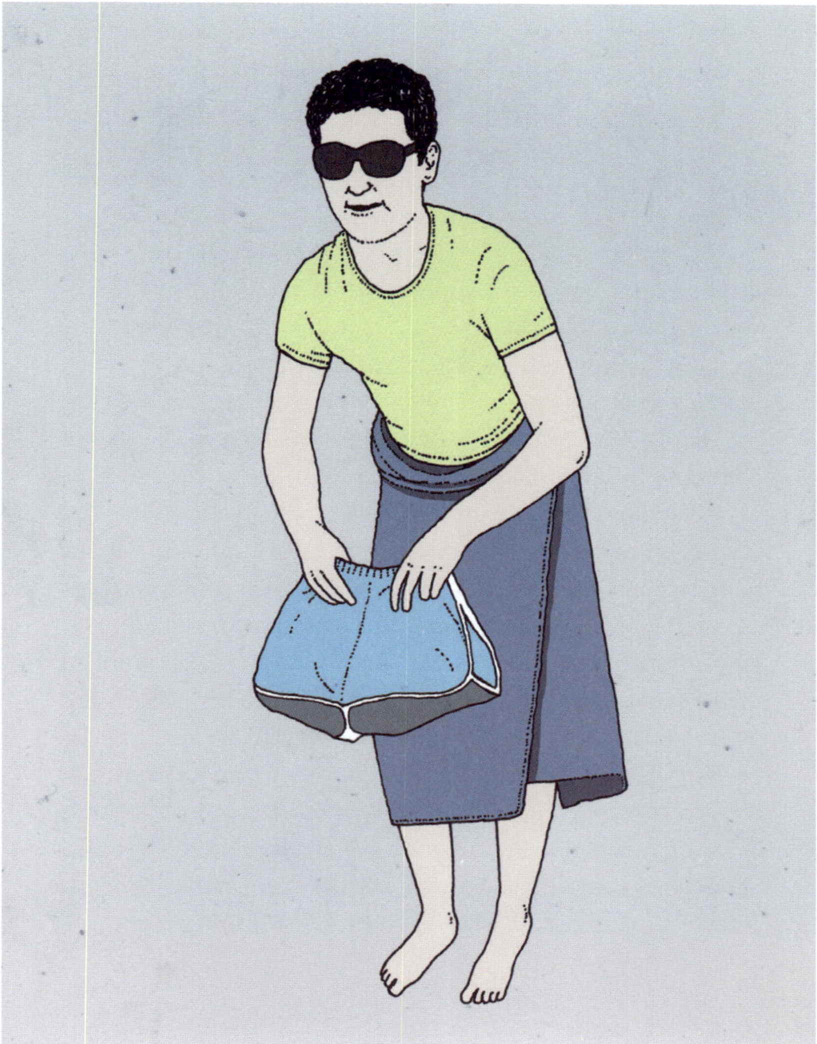

Si l'exercice consistant à manger un beignet sur la plage sans avaler quelques grains de sable ni faire atterrir sur son torse une coulure de chocolat ou de framboise se révèle souvent très compliqué, ce n'est rien en comparaison de l'épreuve visant à enfiler son maillot de bain sans exposer son anatomie à autrui. Outre de la dextérité, celle-ci nécessite, en effet, de l'organisation et un parfait équipement.

En l'occurrence, la question principale est celle de la taille de la serviette destinée à abriter l'opération. Car, si la légende veut qu'un couple d'hurluberlus soit parvenu, il y a quelque temps, à dissimuler son anatomie derrière une feuille de vigne, la réalité se révèle rarement aussi simple. Au vrai, une serviette ordinaire et de taille moyenne ne fera jamais, sur la plage, un paravent efficace et fiable.

Mais, même muni d'un drap de bain de grande envergure, la mission restera particulièrement ardue. Le moment le plus périlleux se situera juste après avoir ôté son sous-vêtement et au moment d'enfiler la première jambe dans le maillot de bain. Alors, totalement dénudé, il faudra se baisser et, tout en maintenant d'une main la serviette en place, tirer sur le maillot pour le faire remonter le long du mollet puis de la cuisse.

Parmi toutes les situations du quotidien, seule l'exécution d'un créneau avec une voiture break dans une rue embouteillée apparaît, concrètement, aussi exigeante. Placé sous le regard de vacanciers mateurs guettant le glissement de la serviette, comme sous le regard noir d'automobilistes impatients, une grande force mentale sera en effet nécessaire pour s'en sortir et gérer d'éventuels facteurs aggravants.

Si le maillot de bain en question est de type moulant (boxer ou slip de bain pour les hommes), il faudra en effet s'entêter pour le faire monter jusqu'à son emplacement final. S'il a également passé la nuit dans le sac de plage et reste légèrement humide, alors l'ascension prendra de longues minutes et nécessitera une débauche d'énergie colossale.

Même accomplie avec succès, l'opération laissera donc des traces et fera éclater au grand jour un manque criant d'organisation. Car, si l'on n'a pas le bon goût de fréquenter une plage équipée de cabines, le minimum est de prévoir et d'enfiler son maillot à la maison. L'alternative consiste à opter pour la plage du village naturiste du cap d'Agde, où les problèmes de ce genre sont très simplement réglés.

TROP RINGARD

EST-CE BIEN RAISONNABLE ?

TROP MANIÉRÉ

EST-CE BIEN RAISONNABLE ?

RÉALISATION : PAO ÉDITIONS DU SEUIL
IMPRESSION : I.M.E. - 25110 BAUME-LES-DAMES
DÉPÔT LÉGAL : AVRIL 2014. N° 115898
Imprimé en France